나와 나타샤와 흰 당나귀

나와 나타샤와 흰 당나귀

—

초판 1쇄   2018년 9월 20일
지은이   백석
펴낸이   김영재
펴낸곳   책만드는집
             계간 좋은시조

—

주소   서울 마포구 양화로3길99 4층 (04022)
전화   3142 - 1585 · 6
팩스   336 - 8908
전자우편   chaekjip@naver.com
출판등록   1994년 1월 13일 제10 - 927호

—

ISBN 978-89-7944-664-7 (03810)

백 석_____시 집

나와
나타샤와
흰 당나귀

책만드는집

1부　사슴

2부   함주시초

3부 흰 바람벽이 있어

1부
사슴

가즈랑집

　승냥이가 새끼를 치는 전에는 쇠메* 든 도적이 났다는 가
즈랑고개

　가즈랑집은 고개 밑의
　산山 너머 마을서 도야지를 잃는 밤 짐승을 쫓는 깽제미*
소리가 무서웁게 들려오는 집
　닭 개 짐승을 못 놓는
　멧도야지와 이웃사춘을 지나는 집

　예순이 넘은 아들 없는 가즈랑집 할머니는 중같이 정해
서 할머니가 마을을 가면 긴 담뱃대에 독하다는 막써레기*
를 몇 대라도 붙이라고 하며

　간밤엔 섬돌 아래 승냥이가 왔었다는 이야기
　어느메 산골에선간 곰이 아이를 본다는 이야기

　나는 돌나물김치에 백설기를 먹으며

옛말의 구신집*에 있는 듯이
가즈랑집 할머니
내가 날 때 죽은 누이도 날 때
무명필에 이름을 써서 백지 달어서 구신간시렁*의 당즈
깨*에 넣어 대감님께 수영*을 들였다는 가즈랑집 할머니
언제나 병을 앓을 때면
신장님 단련*이라고 하는 가즈랑집 할머니
구신의 딸이라고 생각하면 슬퍼졌다

토끼도 살이 오른다는 때 아르대 즘퍼리*에서 제비꼬리
마타리 쇠조지 가지취 고비 고사리 두릅순 회순 산나물을
하는 가즈랑집 할머니를 따르며
나는 벌써 달디단 물구지우림* 둥굴네우림*을 생각하고
아직 멀은 도토리묵 도토리범벅까지도 그리워한다

뒤울안 살구나무 아래서 광살구를 찾다가
살구벼락을 맞고 울다가 웃는 나를 보고

밑구멍에 털이 몇 자나 났나 보자고 한 것은 가즈랑집 할머니다

찰복숭아를 먹다가 씨를 삼키고는 죽는 것만 같어 하루 종일 놀지도 못하고 밥도 안 먹은 것도

가즈랑집에 마을을 가서

당세* 먹은 강아지같이 좋아라고 집오래*를 설레다가였다

* 쇠메 : 쇠로 만든 메.
* 깽제미 : 꽹과리.
* 막써레기 : 마구잡이로 썬 담배 이파리.
* 구신집 : 귀신이 있는 집.
* 구신간시렁 : 귀신을 모셔놓은 시렁.
* 당즈깨 : '도시락'의 평북 방언. 고리버들의 가지나 대오리 따위를 엮어서 상자같이 만든 물건.
* 수영 : 수양收養.
* 신장님 단련 : 귀신에게 받는 시달림.
* 아르대 즘퍼리 : '아래쪽에 있는 축축이 젖은 땅'을 뜻하는 평북 방언.
* 물구지우림 : 물구지(무릇)을 우린 것.
* 둥굴네우림 : 둥굴레를 우린 것.
* 당세 : 곡식 가루에 술을 넣어 미음같이 쑨 것.
* 집오래 : 집 근처.

모닥불

새끼오리도 헌신짝도 소똥도 갓신창*도 개니빠디*도 너
울쪽도 짚검불도 가락잎도 머리카락도 헝겊조각도 막대꼬
치도 기왓장도 닭의 깃도 개터럭도 타는 모닥불

재당도 초시도 문장門長 늙은이도 더부살이 아이도 새사
위도 갓사둔*도 나그네도 주인도 할아버지도 손자도 붓장
사도 땜쟁이도 큰개도 강아지도 모두 모닥불을 쪼인다

모닥불은 어려서 우리 할아버지가 어미 아비 없는 서러
운 아이로 불상하니도 몽둥발이가 된 슬픈 역사가 있다

* 갓신창 : 소가죽으로 만든 신의 밑창.
* 개니빠디 : 개의 이빨.
* 갓사둔 : 새 사돈.

16

여우난골족族

명절날 나는 엄매 아배 따라 우리집 개는 나를 따라 진할
머니* 진할아버지가 있는 큰집으로 가면

얼굴에 별자국이 솜솜 난 말수와 같이 눈도 껌벅거리는
하루에 베 한 필을 짠다는 벌 하나 건너 집엔 복숭아나무가
많은 신리新里 고무* 고무의 딸 이녀李女 작은이녀

열여섯에 사십四十이 넘은 홀아비의 후처가 된 포족족하
니 성이 잘 나는 살빛이 매감탕* 같은 입술과 젖꼭지는 더
까만 예수쟁이 마을 가까이 사는 토산土山 고무 고무의 딸
승녀承女 아들 승承동이

육십리六十里라고 해서 파랗게 뵈이는 산을 넘어 있다는
해변에서 과부가 된 코끝이 빨간 언제나 흰옷이 정하든 말
끝에 섧게 눈물을 짤 때가 많은 큰골 고무 고무의 딸 홍녀洪
女 아들 홍洪동이 작은홍洪동이

배나무접을 잘하는 주정을 하면 토방돌을 뽑는 오리치*
를 잘 놓는 먼섬에 반디젓* 담그려 가기를 좋아하는 삼춘
삼춘엄매 사춘누이 사춘동생들이 그득히들 할머니 할아

버지가 있는 안간에들 모여서 방안에서는 새옷의 내음새
가 나고

  또 인절미 송구떡 콩가루차떡의 내음새도 나고 끼때의
두부와 콩나물과 뽁은 잔디와 고사리와 도야지비계는 모두
선득선득하니 찬 것들이다

  저녁술을 놓은 아이들을 외양간섶 밭마당에 달린 배나무
동산에서 쥐잡이를 하고 숨굴막질을 하고 꼬리잡이를 하고
가마 타고 시집가는 놀음 말 타고 장가가는 놀음을 하고 이
렇게 밤이 어둡도록 북적하니 논다

  밤이 깊어가는 집안엔 엄매는 엄매들끼리 아르간*에서
들 웃고 이야기하고 아이들은 아이들끼리 웃간 한 방을 잡
고 조아질*하고 쌈방이* 굴리고 바리깨돌림*하고 호박떼
기*하고 제비손이구손이*하고 이렇게 화디*의 사기방등에
심지를 몇 번이나 돋구고 홍게닭이 몇 번이나 울어서 졸음
이 오면 아릇목싸움 자리싸움을 하며 히드득거리다 잠이

18

든다 그래서는 문창에 텅납새*의 그림자가 치는 아침 시누
이 동세*들이 욱적하니 흥성거리는 부엌으론 샛문틈으로
장지문틈으로 무이징게국*을 끓이는 맛있는 내음새가 올
라오도록 잔다

* 진할머니 : 친할머니.
* 고무 : 고모.
* 매감탕 : 엿을 고아내거나 메주를 쑤어낸 솥에 남아 있는 진한 갈색의 물.
* 오리치 : 동그란 갈고리 모양으로 된, 오리를 잡는 사냥 도구.
* 반디젓 : 밴댕이젓.
* 아르간 : 아랫방.
* 조아질 : 공기놀이.
* 쌈방이 : 주사위.
* 바리깨돌림 : 주방 뚜껑을 돌리며 노는 모습.
* 호박떼기 : 호박따기. 어린이 민속놀이의 하나로 꼬리잡기와 비슷하다.
* 제비손이구손이 : 다리를 마주 끼고 노래에 맞춰 다리를 세는 놀이.
* 화디 : '등잔걸이'의 평북 방언.
* 텅납새 : '추녀'의 평안 방언.
* 동세 : 동서同壻.
* 무이징게국 : 새우를 넣은 뭇국.

19

고방

낡은 질동이에는 갈 줄 모르는 늙은 집난이*같이 송구떡*
이 오래도록 남아 있었다

오지항아리에는 삼춘이 밥보다 좋아하는 찹쌀탁주가 있
어서
    삼춘의 임내*를 내어가며 나와 사춘은 시큼털털한 술을
잘도 채어 먹었다

제삿날이면 귀머거리 할아버지 가에서 왕밤을 밝고* 싸
리꼬치에 두부산적을 꼐었다

손자아이들이 파리떼같이 모이면 곰의 발 같은 손을 언
제나 내어둘렀다

구석의 나무말쿠지*에 할아버지가 삼는 소신 같은 짚신
이 둑둑이* 걸리어도 있었다

옛말이 사는 컴컴한 고방의 쌀독 뒤에서 나는 저녁 끼때에 부르는 소리를 듣고도 못 들은 척하였다

* 집난이 : 출가한 딸.
* 송구떡 : 송기떡.
* 임내 : 흉내.
* 밝고 : 바르고. 껍질을 벗기고.
* 말쿠지 : 말코지. 물건을 걸어두는 나무 갈고리.
* 둑둑이 : 많이. 한 둑이는 열 개를 뜻함.

초동일 初冬日

흙담벽에 볕이 따사하니
아이들은 물코를 흘리며 무감자*를 먹었다

돌덜구에 천상수天上水가 차게
복숭아나무에 시라리타래*가 말라갔다

* 무감자 : 고구마.
* 시라리타래 : 시래기를 길게 엮은 타래.

22

고야古夜

아배는 타관 가서 오지 않고 산비탈 외따른 집에 엄매와 나와 단둘이서 누가 죽이는 듯이 무서운 밤 집 뒤로는 어느 산골짜기에서 소를 잡어먹는 노나리꾼들이 도적놈들같이 쿵쿵거리며 다닌다

날기멍석*을 져간다는 닭보는 할미를 차 굴린다는 땅아래 고래 같은 기와집에는 언제나 니차떡*에 청밀*에 은금보화가 그득하다는 외발 가진 조마구* 뒷산 어느메도 조마구네 나라가 있어서 오줌 누러 깨는 재밤 머리맡의 문살에 대인 유리창으로 조마구 군병의 새까만 대가리 새까만 눈알이 들여다보는 때 나는 이불 속에 자즈러붙어 숨도 쉬지 못한다

또 이러한 밤 같은 때 시집갈 처녀 막내고무가 고개 너머 큰집으로 치장감을 가지고 와서 엄매와 둘이 소기름에 쌍심지의 불을 밝히고 밤이 들도록 바느질을 하는 밤 같은 때 나는 아릇목의 삿귀*를 들고 쇠든밤*을 내여 다람쥐처럼 밝

23

어먹고 은행여름을 인두불에 구워도 먹고 그러다는 이불
위에서 광대넘이를 뒤이고 또 누워 굴면서 엄매에게 웃목
에 두른 평풍의 새빨간 천두의 이야기를 듣기도 하고 고무
더러는 밝는 날 멀리는 못 난다는 뫼추라기를 잡어달라고
조르기도 하고

　내일같이 명절날인 밤은 부엌에 쩨듯하니 불이 밝고 솥
뚜껑이 놀으며 구수한 내음새 곰국이 무르끓고 방안에서는
일가집 할머니가 와서 마을의 소문을 퍼며 조개송편에 달
송편에 쥔두기송편에 떡을 빚는 곁에서 나는 밤소 팥소 설
탕 든 콩가루소를 먹으며 설탕 든 콩가루소가 가장 맛있다
고 생각한다
　나는 얼마나 반죽을 주무르며 흰가루손이 되여 떡을 빚
고 싶은지 모른다

　섣달에 냅일날*이 들어서 냅일날 밤에 눈이 오면 이 밤엔
쌔하얀 할미귀신의 눈귀신도 냅일눈을 받노라 못 난다는 말

24

을 든든히 여기며 엄매와 나는 앙궁* 위에 떡돌 위에 곱새
담* 위에 함지에 버치*며 대냥풍을 놓고 치성이나 드리듯이
정한 마음으로 냅일눈 약눈을 받는다

　이 눈세기물을 냅일물이라고 제주병에 진상항아리에 채
워두고는 해를 묵여가며 고뿔이 와도 배앓이를 해도 갑피
기*를 앓아도 먹을 물이다

* 날기멍석 : 곡식을 널어 말릴 때 밑자리로 까는 멍석.
* 니차떡 : 인절미.
* 청밀 : 꿀.
* 조마구 : 옛 설화 속에 키가 매우 작다는 난쟁이.
* 샃귀 : 갈대를 엮어 만든 자리의 가장자리.
* 쇠든밤 : 말라서 새들새들해진 밤.
* 냅일날 : 납일臘日. 민간이나 조정에서 조상이나 종묘 또는 사직에 제사 지
　내던 날.
* 앙궁 : 아궁이.
* 곱새담 : 풀이나 짚으로 엮어서 만든 담.
* 버치 : 자배기보다 조금 깊고 아가리가 벌어진 큰 그릇.
* 갑피기 : 이질 증세로 곱똥이 나오는 배앓이 병.

오리 망아지 토끼

오리치*를 놓으려 아배는 논으로 나려간 지 오래다
오리는 동비탈에 그림자를 떨어트리며 날아가고 나는 동
말랭이*에서 강아지처럼 아배를 부르며 울다가
시악*이 나서는 등 뒤 개울물에 아배의 신짝과 버선목과
대님오리를 모다 던져버린다

장날 아침에 앞 행길로 엄지* 따러 지나가는 망아지를 내
라고 나는 조르면
아배는 행길을 향해서 크다란 소리로
— 매지*야 오나라
— 매지야 오나라

새하려* 가는 아배의 지게에 지워 나는 산으로 가며 토끼
를 잡으리라고 생각한다
맞구멍 난 토끼굴을 내가 막어서면 언제나 토끼새끼는
내 다리 아래로 달아났다
나는 서글퍼서 서글퍼서 울상을 한다

* 오리치 : 오리잡이 그물.
* 동말랭이 : 논에 물이 흘러 들어가는 도랑의 둑.
* 시악 : 마음속에서 공연히 생기는 심술.
* 엄지 : 짐승의 어미.
* 매지 : 망아지.
* 새하려 : 나무하러.

하답夏畓

짝새*가 발뿌리에서 날은 논드렁에서 아이들은 개구리의 뒷다리를 구워 먹었다

개구멍을 쑤시다 물큰하고 배암을 잡은 늪의 피 같은 물이끼에 햇볕이 따그웠다

돌다리에 앉아 날버들치를 먹고 몸을 말리는 아이들은 물총새가 되었다

* 짝새 : 뱁새.

주막 酒幕

　호박잎에 싸오는 붕어곰*은 언제나 맛있었다

　부엌에는 빨갛게 질들은* 팔八모알상*이 그 상 위엔 새파란 싸리를 그린 눈알만한 잔盞이 뵈였다

　아들아이는 범이라고 장고기*를 잘 잡는 앞니가 뻐드러진 나와 동갑이었다

　울파주* 밖에는 장꾼들을 따러와서 엄지의 젖을 빠는 망아지도 있었다

* 붕어곰 : 붕어를 지지거나 구운 것.
* 질들은 : 길든.
* 팔모알상 : 테두리가 팔각으로 만들어진 소반.
* 장고기 : 잔고기.
* 울파주 : 대, 갈대, 수수깡, 싸리 등을 발처럼 엮어서 만든 울타리.

적경 寂境

신 살구를 잘도 먹드니 눈 오는 아침
나어린 안해는 첫아들을 낳았다

인가人家 멀은 산山중에
까치는 배나무에서 즞는다

컴컴한 부엌에서는 늙은 홀아비의 시아부지가 미역국을
끓인다
그 마을의 외따른 집에서도 산국*을 끓인다

* 산국 : 산모가 먹는 미역국.

미명계 未明界

　자즌닭*이 울어서 술국을 끓이는 듯한 추탕鰍湯 집의 부엌은 뜨수할 것같이 불이 뿌연히 밝다

　초롱*이 히근하니 물지게꾼이 우물로 가며
　별 사이에 바라보는 그믐달은 눈물이 어리었다

　행길에는 선장* 대여가는 장꾼들의 종이등燈에 나귀눈이 빛났다
　어데서 서러웁게 목탁木鐸을 뚜드리는 집이 있다

* 자즌닭 : 자주 우는 새벽닭.
* 초롱 : 석유나 물 따위의 액체를 담는 데 쓰는, 양철로 만든 통.
* 선장 : 이른 장.

성외城外

어두워오는 성문城門 밖의 거리
도야지를 몰고 가는 사람이 있다

엿방 앞에 엿궤*가 없다

양철통을 쩔렁거리며 달구지는 거리 끝에서 강원도江原
道로 간다는 길로 든다

술집 문창에 그느슥한 그림자는 머리를 얹혔다

* 엿궤 : 엿을 담는 속이 얕은 목판.

추일산조秋日山朝

   아침볕에 섶구슬*이 한가로이 익는 골짝에서 꿩은 울어
산울림과 장난을 한다

   산마루를 탄 사람들은 새꾼*들인가
   파란 한울*에 떨어질 것같이
   웃음소리가 더러 산 밑까지 들린다

   순례巡禮 중이 산山을 올라간다
   어젯밤은 이 산 절에 재齋가 들었다

   무릿돌이 굴러나리는 건 중의 발꿈치에선가

* 섶구슬 : 높은 산의 골짜기나 등성이에 열려 있는 구슬댕댕이나무의 작은 열매.
* 새꾼 : 나무꾼.
* 한울 : 하늘.

광원曠原

흙꽃* 니는 이른 봄의 무연한* 벌을
경편철도輕便鐵道가 노새의 맘을 먹고 지나간다

멀리 바다가 뵈이는
가정거장假停車場도 없는 벌판에서
차車는 머물고
젊은 새악시 둘이 나린다

* 흙꽃 : 흙먼지.
* 무연한 : 아득히 너른.

34

흰 밤

옛성城의 돌담에 달이 올랐다
묵은 초가지붕에 박이
또 하나 달같이 하이얗게 빛난다
언젠가 마을에서 수절과부 하나가 목을 매여 죽은 밤도
이러한 밤이었다

청시 靑柿

별 많은 밤
하누바람*이 불어서
푸른 감이 떨어진다 개가 짖는다

* 하누바람 : 하늬바람. 서쪽에서 부는 바람.

산비

산뽕잎에 빗방울이 친다
멧비둘기가 난다
나무등걸에서 자벌기*가 고개를 들었다 멧비둘기켠을
본다

*자벌기 : 자벌레.

쓸쓸한 길

거적장사 하나 산 뒷옆 비탈을 오른다
아— 따르는 사람도 없이 쓸쓸한 쓸쓸한 길이다
산까마귀만 울며 날고
도적갠가 개 하나 어정어정 따러간다
이스라치*전이 드나 머루전이 드나
수리취 땅버들의 하이얀 복이 서러웁다
뚜물*같이 흐린 날 동풍東風이 설렌다

* 이스라치 : 산앵두.
* 뚜물 : 뜨물. 곡식을 씻어내 부옇게 된 물.

자류柘榴*

남방토南方土 풀 안 돋은 양지귀*가 본이다
햇비 멎은 저녁의 노을 먹고 산다

태고太古에 나서
선인도仙人圖가 꿈이다
고산정토高山淨土에 산약山藥 캐다 오다

달빛은 이향異鄕
눈은 정기 속에 어우러진 싸움

* 자류 : 석류.
* 양지귀 : 양지바른 곳의 가장자리.

머루밤

불을 끈 방안에 횃대*의 하이얀 옷이 멀리 추울 것같이

개방위 方位* 로 말방울 소리가 들려온다

문을 연다 머루빛 밤한울에
송이버섯의 내음새가 났다

* 횃대 : 옷을 걸 수 있게 만든 막대.
* 개방위 : 술방 戌方. 24방위의 하나.

40

비

아카시아들이 언제 흰 두레방석을 깔었나
어데서 물큰 개비린내가 온다

여승 女僧

여승女僧은 합장合掌하고 절을 했다
가자취*의 내음새가 났다
쓸쓸한 낯이 옛날같이 늙었다
나는 불경佛經처럼 서러워졌다

평안도의 어느 산 깊은 금덤판*
나는 파리한 여인女人에게서 옥수수를 샀다
여인은 나어린 딸아이를 따리며 가을밤같이 차게 울었다

섶벌*같이 나아간 지아비 기다려 십 년十年이 갔다
지아비는 돌아오지 않고
어린 딸은 도라지꽃이 좋아 돌무덤으로 갔다

산山꿩도 설게 울은 슬픈 날이 있었다
산山절의 마당귀에 여인의 머리오리*가 눈물방울과 같
이 떨어진 날이 있었다

* 가자취 : 참취나물.
* 금덤판 : 수공업적 방식으로 작업하던 금광의 일터. 금점판.
* 섶벌 : 울타리 옆에 놓아 치는 재래종 꿀벌.
* 머리오리 : 머리카락.

수라 修羅

거미새끼 하나 방바닥에 나린 것을 나는 아무 생각 없이 문밖으로 쓸어버린다
차디찬 밤이다

어니젠가 새끼거미 쓸려나간 곳에 큰거미가 왔다
나는 가슴이 짜릿한다
나는 또 큰거미를 쓸어 문밖으로 버리며
찬 밖이라도 새끼 있는 데로 가라고 하며 서러워한다

이렇게 해서 아린 가슴이 싹기도* 전이다
어데서 좁쌀알만한 알에서 가제* 깨인 듯한 발이 채 서지도 못한 무척 작은 새끼거미가 이번엔 큰거미 없어진 곳으로 와서 아물거린다
나는 가슴이 메이는 듯하다
내 손에 오르기라도 하라고 나는 손을 내어미나 분명히 울고불고할 이 작은 것은 나를 무서우이 달어나버리며 나를 서럽게 한다

44

나는 이 작은 것을 고이 보드러운 종이에 받어 또 문밖으로 버리며

　　이것의 엄마와 누나나 형이 가까이 이것의 걱정을 하며 있다가 쉬이 만나기나 했으면 좋으련만 하고 슬퍼한다

* 싹기도 : 흥분한 마음이 가라앉기도.
* 가제 : 방금. 막.

노루

산골에서는 집터를 츠고* 달궤*를 닦고
보름달 아래서 노루고기를 먹었다

* 츠고 : 치우고.
* 달궤 : 달구질. 달구로 집터나 땅을 단단히 다지는 일.

절간의 소 이야기

병이 들면 풀밭으로 가서 풀을 뜯는 소는 인간보다 영靈해서 열 걸음 안에 제 병을 낫게 할 약藥이 있는 줄을 안다고

수양산首陽山의 어느 오래된 절에서 칠십이 넘은 노장은 이런 이야기를 하며 치맛자락의 산나물을 추었다*

* 추었다 : 추렸다.

통영統營

옛날엔 통제사統制使가 있었다는 낡은 항구港口의 처녀들에겐 옛날이 가지 않은 천희千姬라는 이름이 많다

미역오리*같이 말라서 굴껍질처럼 말없이 사랑하다 죽는다는

이 천희千姬의 하나를 나는 어느 오랜 객주客主집의 생선가시가 있는 마루방에서 만났다

저문 유월六月의 바닷가에선 조개도 울을 저녁 소라방등*이 불그레한 마당에 김냄새 나는 비가 나렸다

---

* 미역오리 : 미역 줄기.
* 소라방등 : 소라의 껍질로 만든, 방에서 켜는 등잔.

시기柿崎의 바다

저녁밥때 비가 들어서
바다엔 배와 사람이 흥성하다

참대창에 바다보다 푸른 고기가 께우며* 섬돌에 곱조개
가 붙는 집의 복도에서는 배창*에 고기 떨어지는 소리가 들
렸다

이즉하니 물기에 누굿이 젖은 왕구새자리*에서 저녁상을
받은 가슴 앓는 사람은 참치회를 먹지 못하고 눈물겨웠다

어득한 기슭의 행길에 얼굴이 해쓱한 처녀가 새벽달같이
아 아즈내*인데 병인病人은 미역 냄새 나는 덧문을 닫고
버러지같이 누웠다

* 께우며 : 꿰며.
* 배창 : 선창船倉.
* 왕구새자리 : 왕골로 만든 자리.
* 아즈내 : 초저녁.

49

오금덩이라는 곳

　어스름저녁 국수당* 돌각담의 수무나무 가지에 녀귀*
의 탱*을 걸고 나물매 갖추어놓고 비난수*를 하는 젊은 새
악시들
　— 잘 먹고 가라 서리서리 물러가라 네 소원 풀었으니 다
시 침노 말아라

　벌개늪*역에서 바리깨를 뚜드리는 쇳소리가 나면
　누가 눈을 앓어서 부증이 나서 찰거머리를 부르는 것이다
　마을에서는 피성한 눈슭*에 저린 팔다리에 거마리를 붙
인다

　여우가 우는 밤이면
　잠 없는 노친네들은 일어나 팥을 깔이며 방뇨를 한다
　여우가 주둥이를 향하고 우는 집에서는 다음날 으레히
흉사가 있다는 것은 얼마나 무서운 말인가

50

* 국수당 : 마을의 수호신을 모신 집. 서낭당.
* 녀귀 : 여귀厲鬼. 제사를 받지 못하는 귀신. 못된 돌림병으로 죽은 귀신.
* 탱 : 탱화幀畫.
* 비난수 : 원혼을 달래주며 비는 말과 행위.
* 벌개늪 : 붉은 이끼가 덮여 있는 오래된 늪.
* 눈숡 : 눈시울.

51

정주성定州城

산턱 원두막은 비었나 불빛이 외롭다
헝겊심지에 아즈까리 기름의 쪼는 소리가 들리는 듯하다

잠자리 조을든 무너진 성城터
반딧불이 난다 파란 혼魂들 같다
어데서 말 있는 듯이 크다란 산山새 한 마리 어두운 골짜
기로 난다

헐리다 남은 성문城門이
한울빛같이 훤하다
날이 밝으면 또 메기수염의 늙은이가 청배를 팔러 올 것
이다

창의문외 彰義門外

　무이밭에 흰나비 나는 집 밤나무 머루넝쿨 속에 키질하
는 소리만이 들린다
　우물가에서 까치가 자꾸 짖거니 하면
　붉은 수탉이 높이 샛더미* 위로 올랐다
　텃밭가 재래종의 임금林檎 나무에는 이제도 콩알만한 푸
른 알이 달렸고 히스무레한 꽃도 하나둘 피여 있다
　돌담 기슭에 오지항아리 독이 빛난다

　* 샛더미 : 땔감 더미.

정문촌旌門村

주홍칠이 날은* 정문旌門*이 하나 마을 어구에 있었다

'효자노적지지정문孝子盧迪之之旌門'—몬지가 겹겹이 앉
은 목각木刻의 액額에
　나는 열 살이 넘도록 갈지자字 둘을 웃었다

아카시아꽃의 향기가 가득하니 꿀벌들이 많이 날어드는
아츰
　구신은 없고 부엉이가 담벽을 띠쫗고* 죽었다

기왓골에 배암이 푸르스름히 빛난 달밤이 있었다
아이들은 쪽재피같이 먼 길을 돌았다

정문旌門집 가난이는 열다섯에
늙은 말꾼한테 시집을 갔겄다

* 날은 : 색이 바랜.
* 정문 : 충신, 효자, 열녀 들을 표창하기 위하여 그 집 앞에 세우던 붉은 문.
* 띠쫗고 : 치쪼고. 위를 향해 쪼고.

여우난골

박을 삶는 집
할아버지와 손자가 오른 지붕 위에 한울빛이 진초록이다
우물의 물이 쓸 것만 같다

마을에서는 삼굿*을 하는 날
건넌마을서 사람이 물에 빠져 죽었다는 소문이 왔다

노란 싸릿잎이 한불* 깔린 토방에 햇칡방석을 깔고
나는 호박떡을 맛있게도 먹었다

어치라는 산새는 벌배 먹어 고읍다는 골에서 돌배 먹고
아픈 배를 아이들은 떨배* 먹고 나었다고 하였다

* 삼굿 : 껍질을 벗기기 위하여 삼을 구덩이나 솥에 넣고 찌는 일.
* 한불 : 하나 가득.
* 떨배 : 찔배나무의 열매.

삼방三防

  갈부던* 같은 약수藥水 터의 산山거리엔 나무그릇과 다래나무지팽이가 많다

  산山 너머 십오리十五里서 나무뎅치 차고 싸리신 신고 산山비에 촉촉이 젖어서 약藥물을 받으려 오는 두멧아이들도 있다

  아랫마을에서는 애기무당이 작두를 타며 굿을 하는 때가 많다

* 갈부던 : 갈잎으로 만든 장신구.

2부
함주시초

통영 統營

구마산舊馬山의 선창에선 좋아하는 사람이 울며 나리는
배에 올라서 오는 물길이 반날
　갓* 나는 고당*은 갓갓기도 하다

바람맛도 짭짤한 물맛도 짭짤한

전북에 해삼에 도미 가재미의 생선이 좋고
파래에 아개미에 호루기*의 젓갈이 좋고

새벽녘의 거리엔 쾅쾅 북이 울고
밤새껏 바다에선 뿡뿡 배가 울고

자다가도 일어나 바다로 가고 싶은 곳이다

집집이 아이만한 피도 안 간 대구를 말리는 곳
황화장사* 영감이 일본말을 잘도 하는 곳
처녀들은 모두 어장주漁場主한테 시집을 가고 싶어한다

는 곳

산 너머로 가는 길 돌각담에 갸웃하는 처녀는 금錦이라든 이 같고

내가 들은 마산馬山 객주客主 집의 어린 딸은 난蘭이라는 이 같고

난蘭이라는 이는 명정明井골에 산다든데

명정明井골은 산을 넘어 동백冬柏나무 푸르른 감로甘露 같은 물이 솟는 명정明井 샘이 있는 작은 마을인데

샘터엔 오구작작* 물을 긷는 처녀며 새악시들 가운데 내가 좋아하는 그이가 있을 것만 같고

내가 좋아하는 그이는 푸른 가지 붉게붉게 동백꽃 피는 철엔 타관 시집을 갈 것만 같은데

긴 토시 끼고 큰머리 얹고 오불고불 넘엣거리로 가는 여인은 평안도平安道서 오신 듯한데 동백꽃 피는 철이 그 언제요

옛 장수 모신 낡은 사당의 돌층계에 주저앉어서 나는 이
저녁 울 듯 울 듯 한산도閑山島 바다에 뱃사공이 되여가며
넝* 낮은 집 담 낮은 집 마당만 높은 집에서 열나흘 달을
업고 손방아만 찧는 내 사람을 생각한다

* 갓 : 예전에, 어른이 된 남자가 머리에 쓰던 의관의 하나.
* 고당 : 고장.
* 호루기 : 살오징어의 어린 것.
* 황화장사 : 황아장수. 집집을 다니며 자질구레한 일용 잡화를 파는 사람.
* 오구작작 : 여럿이 한데 모여 떠드는 모양.
* 넝 : 이엉. 초가집의 지붕이나 담을 이기 위하여 짚이나 새 따위로 엮은 물건.

탕약湯藥

눈이 오는데

토방에서는 질화로 위에 곱돌탕관*에 약이 끓는다

삼에 숙변*에 목단에 백복령*에 산약에 택사의 몸을 보한
다는 육미탕六味湯이다

약탕관에서는 김이 오르며 달큼한 구수한 향기로운 내음
새가 나고

약이 끓는 소리는 삐삐 즐거웁기도 하다

그리고 다 달인 약을 하이얀 약사발에 밭어놓은 것은

아득하니 깜하야 만년萬年 옛적이 들은 듯한데

나는 두 손으로 고이 약그릇을 들고 이 약을 내인 옛사람
들을 생각하노라면

내 마음은 끝없이 고요하고 또 맑어진다

* 곱돌탕관 : 곱돌로 만든 약탕관.
* 숙변 : 숙지황熟地黃. 한약재의 한 가지.
* 백복령 : 오줌이 잘 나오게 하고 담병, 부종, 습증 따위를 다스리거나 몸을 보
  하는 데 쓰이는 약재.

오리

오리야 네가 좋은 청명淸明 밑께 밤은
옆에서 누가 뺨을 쳐도 모르게 어둡다누나
오리야 이때는 따디기*가 되어 어둡단다

아무리 밤이 좋은들 오리야
해변벌에선 얼마나 너이들이 욱자지껄하며 멕이기에
해변땅에 나들이 갔든 할머니는
오리새끼들은 장뽕*이나 하듯이 떠들썩하니 시끄럽기도
하드란 숭인가

그래도 오리야 호젓한 밤길을 가다
가까운 논배미*들에서
까알까알 하는 너이들의 즐거운 말소리가 나면
나는 내 마을 그 아는 사람들의 지껄지껄하는 말소리같
이 반가웁고나
오리야 너이들의 이야기판에 나도 들어
밤을 같이 밝히고 싶고나

오리야 나는 네가 좋구나 네가 좋아서
벌논의 늪 옆에 쭈구렁벼알 달린 짚검불을 널어놓고
닭이짖 올코*에 새끼달은치*를 묻어놓고
동둑 넘에 숨어서
하로진일 너를 기다린다

오리야 고운 오리야 가만히 안겼거라
너를 팔어 술을 먹는 노盧장에 영감은
홀아비 소의연* 침을 놓는 영감인데
나는 너를 백통전 하나 주고 사오누나

나를 생각하든 그 무당의 딸은 내 어린 누이에게
오리야 너를 한 쌍 주드니
어린 누이는 없고 저는 시집을 갔다건만
오리야 너는 한 쌍이 날어가누나

* 따디기 : 따지기. 얼었던 흙이 풀리려고 하는 초봄 무렵.
* 장몽 : 장날이 되어 장터 사람들이 와글와글 모여 붐비는 것.
* 논배미 : 논두렁으로 둘러싸인 논의 하나하나의 구역.
* 닭이짖 올코 : 닭의 깃털을 붙여 만든 올가미.
* 새끼달은치 : 새끼줄을 엮어서 만든 끈이 달린 바구니.
* 소의연 : 소의 병을 침술로 낫게 해주던 사람.

연자간

달빛도 거지도 도적개도 모다 즐겁다
풍구재*도 얼럭소도 쇠드랑볕*도 모다 즐겁다

도적괭이 새끼락*이 나고
살진 쪽제비 트는 기지개 길고

홰냥닭*은 알을 낳고 소리치고
강아지는 겨를 먹고 오줌 싸고

개들은 게모이고 쌈지거리하고
놓여난 도야지 둥구재벼오고*

송아지 잘도 놀고
까치 보해 짖고

신영길* 말이 울고 가고
장돌림* 당나귀도 울고 가고

대들보 위에 베틀도 채일도 토리개도 모도들 편안하니
구석구석 후치*도 보십*도 소시랑*도 모도들 편안하니

* 풍구재 : 풍구. 곡물에 섞인 쭉정이, 겨, 먼지 따위를 날려서 제거하는 농기구.
* 쇠드랑볕 : 쇠스랑 볕. 쇠스랑 모양의 창살로 들어온 볕.
* 새끼락 : 커지며 나오는 손발톱.
* 홰냥닭 : 홰에 올라앉은 닭.
* 둥구재벼오고 : 두멍잡혀오고. 물동이 안듯 잡혀오고.
* 신영길 : 혼례식에서 새신랑을 모시러 가는 행차.
* 장돌림 : 여러 장으로 돌아다니면서 물건을 파는 장수.
* 후치 : 극젱이. 땅을 가는 데 쓰는 농기구. 쟁기와 비슷하나 쟁깃술이 곧게 내
  려가고 보십 끝이 무디다.
* 보십 : 보습.
* 소시랑 : 쇠스랑.

황일黃日

　한 십리十里 더 가면 절간이 있을 듯한 마을이다 낮 기울은 볕이 장글장글*하니 따사하다 흙은 젖이 커서 살같이 깨서 아지랑이 낀 속이 안타까운가보다 뒤울안에 복사꽃 핀 집엔 아무도 없나보다 뷔인 집에 꿩이 날어와 다니나보다 울밖 늙은 들매나무*에 튀튀새* 한불 앉었다 흰구름 따러가며 딱장벌레 잡다가 연둣빛 닢새가 좋아 올라왔나보다 밭머리에도 복사꽃 피였다 새악시도 피였다 새악시 복사꽃이다 복사꽃 새악시다 어데서 송아지 매— 하고 운다 골갯논드렁*에서 미나리 밟고 서서 운다 복사나무 아래 가 흙장난하며 놀지 왜 우노 자개밭둑에 엄지 어데 안 가고 누웠다 아룻동리선가 말 웃는 소리 무서운가 아룻동리 망아지 네 소리 무서울라 담모도리* 바윗잔등에 다람쥐 해바라기하다 조은다 토끼잠 한잠 자고 나서 세수한다 흰구름 건넌산으로 가는 길에 복사꽃 바라노라 섰다 다람쥐 건넌산 보고 부르는 푸념이 간지럽다

　저기는 그늘 그늘 여기는 챙챙—

저기는 그늘 그늘 여기는 챙챙—

* 장글장글 : 바람이 없는 날에 해가 살을 지질 듯이 조금 따갑게 계속 내리쬐
　는 모양.
* 들매나무 : 들메나무.
* 튀튀새 : 티티새. 지빠귀. 개똥지빠귀.
* 골갯논드렁 : 좁은 골짜기에 푼 논두렁.
* 담모도리 : 담 모서리.

이두국주가도 伊豆國湊街道

옛적본*의 휘장마차에
어느메 촌중의 새 새악시와도 함께 타고
먼 바닷가의 거리로 간다는데
금귤이 눌한* 마을마을을 지나가며
싱싱한 금귤을 먹는 것은 얼마나 즐거운 일인가

* 옛적본 : 옛날 분위기.
* 눌한 : 누런.

창원도昌原道
— 남행시초南行詩抄 1

솔포기에 숨었다
토끼나 꿩을 놀래주고 싶은 산허리의 길은

엎데서 따스하니 손 녹히고 싶은 길이다

개 데리고 호이호이 휘파람 불며
시름 놓고 가고 싶은 길이다

괴나리봇짐 벗고 땃불* 놓고 앉어
담배 한 대 피우고 싶은 길이다

승냥이 줄레줄레 달고 가며
덕신덕신 이야기하고 싶은 길이다

더꺼머리 총각은 정든 님 업고 오고 싶은 길이다

* 땃불 : 땅불. 화톳불.

통영統營
— 남행시초南行詩抄 2

통영統營 장 낫대들었다*

　갓 한 닢 쓰고 건시 한 접 사고 홍공단 댕기 한 감 끊고 술
한 병 받어들고

　화륜선 만저보려 선창 갔다

　오다 가수내* 들어가는 주막 앞에
　문둥이 품바타령 듣다가

　열니레 달이 올라서
　나룻배 타고 판데목* 지나간다 간다

(서병직씨에게)

* 낫대들었다 : 맞서서 달려들듯 곧장 앞으로 나아갔다.
* 가수내 : 여자아이.
* 판데목 : 경남 통영시의 통영 운하가 뚫린 어름의 수로.

고성가도固城街道
― 남행시초南行詩抄 3

고성固城 장 가는 길
해는 둥둥 높고

개 하나 얼린하지 않는 마을은
해바른 마당귀에 맷방석 하나
빨갛고 노랗고
눈이 시울은* 곱기도 한 건반밥*
아 진달래 개나리 한창 피었구나

가까이 잔치가 있어서
곱디고운 건반밥을 말리우는 마을은
얼마나 즐거운 마을인가

어쩐지 당홍치마 노란저고리 입은 새악시들이
웃고 살을 것만 같은 마을이다

* 시울은 : 환하게 부신.
* 건반밥 : 잔치 때 쓰는 약밥.

삼천포 三千浦
― 남행시초 南行詩抄 4

졸레졸레 도야지새끼들이 간다
귀밑이 재릿재릿하니 볕이 담복 따사로운 거리다

잿더미에 까치 오르고 아이 오르고 아지랑이 오르고

해바라기하기 좋을 볏곡간 마당에
볏짚같이 누우란 사람들이 둘러서서
어느 눈 오신 날 눈을 츠고* 생긴 듯한 말다툼 소리도 누
우라니

소는 기르매* 지고 조은다

아 모도들 따사로이 가난하니

* 츠고 : 치고.
* 기르매 : 길마. 짐을 싣거나 수레를 끌기 위해 소의 등에 얹는 안장.

북관北關*
― 함주시초咸州詩抄 1

명태明太 창난젓에 고추무거리에 막칼질한 무이를 비벼
익힌 것을
이 투박한 북관北關을 한없이 끼밀고* 있노라면
쓸쓸하니 무릎은 꿇어진다

시큼한 배척한* 퀴퀴한 이 내음새 속에
나는 가느슥히* 여진女眞의 살내음새를 맡는다

얼근한 비릿한 구릿한 이 맛 속에선
까마득히 신라新羅 백성의 향수鄕愁도 맛본다

* 북관 : '함경도'의 다른 이름.
* 끼밀고 : 어떤 물건을 끼고 앉아 얼굴을 들이밀고 자세히 보고.
* 배척한 : 비린 맛이나 냄새가 나는 듯한.
* 가느슥히 : 꽤 가느스름하게.

노루
— 함주시초咸州詩抄 2

장진長津 땅이 지붕 넘에 넘석하는* 거리다
자구나무 같은 것도 있다
기장감주에 기장차떡이 흔한데다
이 거리에 산골사람이 노루새끼를 다리고 왔다

산골사람은 막베등거리* 막베잠방등에*를 입고
노루새끼를 닮었다
노루새끼 등을 쓸며
터 앞에 당콩순*을 다 먹었다 하고
서른닷냥 값을 부른다
노루새끼는 다문다문 흰 점이 백이고 배 안의 털을 너슬
너슬 벗고
산골사람을 닮었다

산골사람의 손을 핥으며
약자에 쓴다는 흥정 소리를 듣는 듯이
새까만 눈에 하이얀 것이 가랑가랑하다

78

* 넘석하는 : 목을 길게 빼고 넘겨다보는.
* 막베등거리 : 거친 베로 만든 저고리.
* 막베잠방등에 : 막베로 만든 잠방이 형식의 속옷.
* 당콩순 : 강낭콩순.

고사古寺
— 함주시초咸州詩抄 3

부뚜막이 두 길이다
이 부뚜막에 놓인 사닥다리로 자박수염*난 공양주는 성
궁미*를 지고 오른다

한말 밥을 한다는 크나큰 솥이
외면하고 가부틀고 앉아서 염주도 세일 만하다

화라지송침*이 단채로 들어간다는 아궁지
이 험상궂은 아궁지도 조앙님*은 무서운가보다

농마루며 바람벽은 모두들 그느슥히
흰밥과 두부와 튀각과 자반을 생각나 하고

하펌*도 남즉하니 불기와 유종*들이
묵묵히 팔장 끼고 쭈구리고 앉았다

재 안 드는* 밤은 불도 없이 캄캄한 까막나라에서

조앙님은 무서운 이야기나 하면

모두들 죽은 듯이 엎데였다 잠이 들 것이다

(귀주사歸州寺 - 함경도 함주군)

---

* 자박수염 : 끝이 비틀리면서 아래로 잦혀진 콧수염.
* 성궁미 : 성미誠米 . 부처에게 바치는 쌀.
* 화라지송침 : 소나무 옆가지를 쳐서 칡덩굴이나 새끼줄로 묶어놓는 땔감
  다발.
* 조앙님 : 조왕. 부엌을 맡는다는 신. 늘 부엌에 있으면서 모든 길흉을 판단한
  다고 한다.
* 하폄 : 하품.
* 유종 : 놋그릇으로 만든 종발.
* 재 안 드는 : 재齋 안 드는. 불공이 없는.

선우사膳友辭
― 함주시초咸州詩秒 4

낡은 나조반*에 흰밥도 가재미도 나도 나와 앉아서
쓸쓸한 저녁을 맞는다

흰밥과 가재미와 나는
우리들은 그 무슨 이야기라도 다 할 것 같다
우리들은 서로 미덥고 정답고 그리고 서로 좋구나

우리들은 맑은 물밑 해정한 모래톱에서 하구 긴 날을 모
래알만 헤이며 잔뼈가 굵은 탓이다
바람 좋은 한벌판에서 물닭이 소리를 들으며 단이슬 먹
고 나이 들은 탓이다
외따른 산골에서 소리개 소리 배우며 다람쥐 동무하고
자라난 탓이다

우리들은 모두 욕심이 없어 희여졌다
착하디착해서 세관은* 가시 하나 손아귀 하나 없다
너무나 정갈해서 이렇게 파리했다

82

우리들은 가난해도 서럽지 않다
우리들은 외로워할 까닭도 없다
그리고 누구 하나 부럽지도 않다

흰밥과 가재미와 나는
우리들이 같이 있으면
세상 같은 건 밖에 나도 좋을 것 같다

* 나조반 : 나좃대(갈대나 새나무를 한 자 길이로 잘라 묶어 기름을 붓고 붉은
  종이로 싸서 초처럼 불을 켜는 물건)를 받쳐놓는 쟁반.
* 세괄은 : 매우 억세고 날카로운.

산곡山谷
— 함주시초咸主詩秒 5

돌각담에 머루송이 깜하니 익고
자갈밭에 아즈까리알이 쏟아지는
잠풍하니* 볕바른 골짝이다
나는 이 골짝에서 한겨울을 날려고 집을 한 채 구하였다

집이 몇 집 되지 않는 골안은
모두 터앞*에 김장감이 퍼지고
뜨락에 잡곡낟가리가 쌓여서
어니 세월에 뷔일 듯한 집은 뵈이지 않았다
나는 자꼬 골안으로 깊이 들어갔다

골이 다한 산대 밑에 자그마한 돌능와집이 한 채 있어서
이 집 남길동* 단 안주인은 겨울이면 집을 내고
산을 돌아 거리로 나려간다는 말을 하는데
해바른 마당에는 꿀벌이 스무나문 통 있었다

낮 기울은 날을 햇볕 장글장글한 툇마루에 걸어앉어서

지난 여름 도락구*를 타고 장진長津 땅에 가서 꿀을 치고 돌아왔다는 이 벌들을 바라보며 나는

　날이 어서 추워져서 쑥국화꽃도 시들고 이 바즈런한 백성들도 다 제 집으로 들은 뒤에 이 골안으로 올 것을 생각하였다

*잠풍하니 : 잔풍殘風하니. 잔잔한 바람이 살랑살랑 부는 듯하니.
*터앞 : 집의 울안에 있는 작은 밭.
*남길동 : 남색 저고리 깃동.
*도락구 : 트럭.

바다

바닷가에 왔드니
바다와 같이 당신이 생각만 나는구려
바다와 같이 당신을 사랑하고만 싶구려

구붓하고* 모래톱을 오르면
당신이 앞선 것만 같구려
당신이 뒤선 것만 같구려

그리고 지중지중 물가를 거닐면
당신이 이야기를 하는 것만 같구려
당신이 이야기를 끊은 것만 같구려

바닷가는
개지꽃*이 개지 아니 나오고
고기비눌에 하이얀 햇볕만 쇠리쇠리하야*
어쩐지 쓸쓸만 하구려 섧기만 하구려

* 구붓하고 : 약간 굽은 듯한.
* 개지꽃 : 나팔꽃.
* 쇠리쇠리하야 : 눈이 부셔

추야일경 秋夜一景

닭이 두 홰나 울었는데
안방 큰방은 홰즛하니* 당등*을 하고
인간들은 모두 웅성웅성 깨여 있어서들
오가리*며 석박디를 썰고
생강에 파에 청각*에 마늘을 다지고

시래기를 삶는 훈훈한 방안에는
양념 내음새가 싱싱도 하다

밖에는 어데서 물새가 우는데
토방에선 햇콩두부가 고요히 숨이 들어갔다

* 홰즛하니 : 어둑하니 호젓한 느낌이 드는.
* 당등 : 장등長燈. 밤새도록 등불을 켜둠.
* 오가리 : 무나 호박 따위의 살을 길게 썰어서 말린 것.
* 청각 : 녹조류 청각과의 해조. 김장 때 김치의 고명으로 쓰기도 하고 그냥 무
  쳐 먹기도 한다.

석양

거리는 장날이다
장날 거리에 영감들이 지나간다
영감들은
말상을 하였다 범상을 하였다 쪽재피상을 하였다
개발코*를 하였다 안장코*를 하였다 질병코*를 하였다
그 코에 모두 학실*을 썼다
돌체돋보기*다 대모체돋보기*다 로이도돋보기*다
영감들은 유리창 같은 눈을 번득거리며
투박한 북관北關 말을 떠들어대며
쇠리쇠리한 저녁해 속에
사나운 즘생같이들 사러졌다

* 개발코 : 개발처럼 너부죽하고 뭉툭하게 생긴 코.
* 안장코 : 안장 모양처럼 등이 잘록한 코.
* 질병코 : 질흙으로 만든 병처럼 거칠고 투박하게 생긴 코.
* 학실 : '돋보기'의 평북 방언.
* 돌체돋보기 : 돌이나 놋쇠로 테를 만든 안경.
* 대모체돋보기 : 바다거북의 껍데기로 테를 만든 안경.
* 로이도돋보기 : 둥글고 굵은 셀룰로이드 테의 안경.

산숙山宿
― 산중음山中吟 1

여인숙旅人宿이라도 국숫집이다

모밀가루포대가 그득하니 쌓인 웃간은 들믄들믄* 더웁
기도 하다

나는 낡은 국수분틀과 그즈런히 나가 누워서

구석에 데굴데굴하는 목침木枕들을 베여보며

이 산山골에 들어와서 이 목침들에 새까마니 때를 올리
고 간 사람들을 생각한다

그 사람들의 얼골과 생업生業과 마음들을 생각해본다

* 들믄들믄 : 더운 느낌을 나타낸 말.

90

향악饗樂 *
― 산중음山中吟 2

초생달이 귀신불같이 무서운 산山골 거리에선
처마 끝에 종이등의 불을 밝히고
쩌락쩌락 떡을 친다
감자떡이다
이젠 캄캄한 밤과 개울물 소리만이다

* 향악 : 잔치 노래.

야반夜半
— 산중음山中吟 3

토방에 승냥이 같은 강아지가 앉은 집
부엌으론 무럭무럭 하이얀 김이 난다
자정도 훨씬 지났는데
닭을 잡고 모밀국수를 누른다고 한다
어늬 산山 옆에선 캥캥 여우가 운다

백화白樺*
― 산중음山中吟 4

산골집은 대들보도 기둥도 문살도 자작나무다

밤이면 캥캥 여우가 우는 산山도 자작나무다

그 맛있는 모밀국수를 삶는 장작도 자작나무다

그리고 감로甘露 같이 단샘이 솟는 박우물*도 자작나무다

산山 너머는 평안도平安道 땅도 뵈인다는 이 산山골은 온
통 자작나무다

* 백화 : 자작나무.
* 박우물 : 바가지로 물을 뜰 수 있는 얕은 우물.

나와 나타샤와 흰 당나귀

가난한 내가
아름다운 나타샤를 사랑해서
오늘밤은 푹푹 눈이 나린다

나타샤를 사랑은 하고
눈은 푹푹 날리고
나는 혼자 쓸쓸히 앉어 소주燒酒를 마신다
소주를 마시며 생각한다
나타샤와 나는
눈이 푹푹 쌓이는 밤 흰 당나귀 타고
산골로 가자 출출이* 우는 깊은 산골로 가 마가리*에 살자

눈은 푹푹 나리고
나는 나타샤를 생각하고
나타샤가 아니 올 리 없다
언제 벌써 내 속에 고조곤히* 와 이야기한다
산골로 가는 것은 세상한테 지는 것이 아니다

세상 같은 건 더러워 버리는 것이다

눈은 푹푹 나리고
아름다운 나타샤는 나를 사랑하고
어데서 흰 당나귀도 오늘밤이 좋아서 응앙응앙 울을 것
이다

* 출출이 : 뱁새.
* 마가리 : 오막살이.
* 고조곤히 : 고요히.

고향故鄕

나는 북관北關에 혼자 앓어 누워서

어느 아츰 의원醫員을 뵈이었다

의원은 여래如來 같은 상을 하고 관공關公*의 수염을 드리

워서

먼 옛적 어느 나라 신선 같은데

새끼손톱 길게 돋은 손을 내어

묵묵하니 한참 맥을 짚드니

문득 물어 고향이 어데냐 한다

평안도平安道 정주定州라는 곳이라 한즉

그러면 아무개씨氏 고향이란다

그러면 아무개씰 아느냐 한즉

의원은 빙긋이 웃음을 띠고

막역지간莫逆之間이라며 수염을 쓴다

나는 아버지로 섬기는 이라 한즉

의원은 또다시 넌즈시 웃고

말없이 팔을 잡어 맥을 보는데

손길은 따스하고 부드러워

96

고향도 아버지도 아버지의 친구도 다 있었다

* 관공 : 관우.

절망絶望

북관北關에 계집은 튼튼하다
북관北關에 계집은 아름답다
아름답고 튼튼한 계집은 있어서
흰 저고리에 붉은 길동*을 달어
검정치마에 받쳐입은 것은
나의 꼭 하나 즐거운 꿈이였드니
어느 아침 계집은
머리에 무거운 동이를 이고
손에 어린것의 손을 끌고
가파러운 언덕길을
숨이 차서 올라갔다
나는 한종일 서러웠다

* 길동 : 여자의 저고리 소맷부리에 댄 다른 색의 천.

개

접시 귀에 소기름이나 소뿔등잔에 아즈까리 기름을 켜는
마을에서는 겨울밤 개 짖는 소리가 반가웁다

이 무서운 밤을 아래 옷방성* 마을 돌아다니는 사람은 있
어 개는 짖는다

낮배* 어니메 치코*에 꿩이라도 걸려서 산山 너머 국숫집
에 국수를 받으려 가는 사람이 있어도 개는 짖는다

김치가재미*선 동치미가 유별히 맛나게 익는 밤

아배가 밤참 국수를 받으려 가면 나는 큰마니*의 돋보기
를 쓰고 앉어 개 짖는 소리를 들은 것이다

* 아래 옷방성 : 아래 윗방에서.
* 낮배 : 낮때. 한낮 무렵.
* 치코 : 올가미.
* 김치가재미 : 한겨울 김치를 보관하는 헛간.
* 큰마니 : 할머니.

외갓집

내가 언제나 무서운 외갓집은

초저녁이면 안팎마당이 그득하니 하이얀 나비수염을 물은 보득지근한* 복쪽재비들이 씨굴씨굴 모여서는 쨩쨩 쨩쨩 쇳스럽게 울어대고

밤이면 무엇이 기왓골*에 무릿돌*을 던지고 뒤울안 배나무에 쩨듯하니 줄등을 헤여달고* 부뚜막의 큰솥 적은솥을 모주리 뽑아놓고 재통*에 간 사람의 목덜미를 그냥그냥 나려눌러선 잿다리* 아래로 처박고

그리고 새벽녘이면 고방 시렁에 채국채국 얹어둔 모랭이* 목판 시루며 함지가 땅바닥에 넘너른히* 널리는 집이다

* 보득지근한 : 보드랍고 매끄러운.
* 기왓골 : 기왓고랑. 기와지붕에서 수키와와 수키와 사이에 빗물이 잘 흘러내리도록 골이 진 부분.
* 무릿돌 : 여러 개의 돌.
* 헤여달고 : 켜 달고.
* 재통 : 변소.
* 잿다리 : 재래식 변소에 걸쳐놓은 두 개의 나무.
* 모랭이 : 함지 모양의 작은 목기.
* 넘너른히 : 이리저리 흩어서 널브러뜨려 놓은 모습.

내가 이렇게 외면하고

　내가 이렇게 외면하고 거리를 걸어가는 것은 잠풍 날씨
가 너무나 좋은 탓이고
　가난한 동무가 새 구두를 신고 지나간 탓이고 언제나 꼭
같은 넥타이를 매고 고운 사람을 사랑하는 탓이다

　내가 이렇게 외면하고 거리를 걸어가는 것은 또 내 많지
못한 월급이 얼마나 고마운 탓이고
　이렇게 젊은 나이로 코밑수염도 길러보는 탓이고 그리고
어느 가난한 집 부엌으로 달재* 생선을 진장*에 꼿꼿이 지
진 것은 맛도 있다는 말이 자꼬 들려오는 탓이다

* 달재 : 달강어. 성댓과에 속하는 바닷물고기.
* 진장 : 진간장. 검정콩으로 쑨 메주로 담가 빛이 까맣게 된 간장.

내가 생각하는 것은

밖은 봄철날 따디기의 누굿하니 푹석한 밤이다
거리에는 사람두 많이 나서 흥성흥성할 것이다
어쩐지 이 사람들과 친하니 싸다니고 싶은 밤이다

그렇건만 나는 하이얀 자리 우에서 마른 팔뚝의
새파란 핏대를 바라보며 나는 가난한 아버지를
가진 것과 내가 오래 그려오든 처녀가 시집을 간 것과
그렇게도 살틀하든 동무가 나를 버린 일을 생각한다

또 내가 아는 그 몸이 성하고 돈도 있는 사람들이
즐거이 술을 먹으려 다닐 것과
내 손에는 신간서新刊書 하나도 없는 것과
그리고 그 '아서라 세상사世上事'라도 들을
류성기도 없는 것을 생각한다

그리고 이러한 생각이 내 눈가를 내 가슴가를
뜨겁게 하는 것도 생각한다

가무래기*의 낙樂

가무락조개* 난 뒷간거리에
빚*을 얻으려 나는 왔다
빚이 안 되어 가는 탓에
가무래기도 나도 모도 춥다
추운 거리의 그도 추운 능당* 쪽을 걸어가며
내 마음은 우쭐댄다 그 무슨 기쁨에 우쭐댄다
이 추운 세상의 한구석에
맑고 가난한 친구가 하나 있어서
내가 이렇게 추운 거리를 지나온 걸
얼마나 기뻐하고 락단하고*
그즈런히 손깍지벼개하고 누워서
이 못된 놈의 세상을 크게 크게 욕할 것이다

* 가무래기 : 새까맣고 동그란 조개.
* 가무락조개 : 모시조개.
* 빚 : 햇빛.
* 능당 : 그늘. 응달.
* 락단하고 : 무릎을 치며 좋아하고.

삼호三湖
− 물닭의 소리 1

문기슭에 바다 해자를 까꾸로 붙인 집
산듯한 청삿자리* 우에서 찌륵찌륵
우는 전복회를 먹어 한여름을 보낸다

이렇게 한여름을 보내면서 나는 하늘이는
물살에 나이금*이 느는 꽃조개와 함께
허리도리가 굵어가는 한 사람을 연연해한다

* 청삿자리 : 푸른 왕골로 짠 삿자리.
* 나이금 : 나이테.

물계리 物界里
— 물닭의 소리 2

물밑 — 이 세모래 닌함박*은 콩조개만 일다

모래장변 — 바다가 널어놓고 못 미더워 드나드는 명주필
을 짓굳이 발뒤축으로 찢으면

날과 씨는 모두 양금*줄이 되어 짜랑짜랑 울었다

* 닌함박 : 이남박. 쌀 따위를 씻어 일 때에 돌과 모래를 가라앉게 한다.
* 양금 : 채로 줄을 쳐서 소리를 내는 현악기의 하나.

대산동 大山洞
― 물닭의 소리 3

비얘고지* 비얘고지는
제비야 네 말이다
저 건너 노루섬에 노루 없드란 말이지
신미도 삼각산엔 가무래기만 나드란 말이지

비얘고지 비얘고지는
제비야 네 말이다
푸른 바다 흰 한울이 좋기도 좋단 말이지
해밝은 모래장변에 돌비 하나 섰단 말이지

비얘고지 비얘고지는
제비야 네 말이다
눈빨갱이 갈매기 발빨갱이 갈매기 가란 말이지
승냥이처럼 우는 갈매기
무서워 가란 말이지

* 비얘고지 : 제비의 별칭. 제비의 의성어에서 유래한 말로 보인다.

남향南鄉
— 물닭의 소리 4

푸른 바닷가의 하이얀 하이얀 길이다

아이들은 늘늘히 청대나무말*을 몰고
대모풍잠*한 늙은이 또요* 한 마리를 드리우고 갔다

이 길이다
얼마가서 감로甘露 같은 물이 솟는 마을 하이얀 회담벽에
옛적본의 장반시계*를 걸어놓은 집 홀어미와 사는 물새 같
은 외딸의 혼삿말이 아즈랑이같이 낀 곳은

* 청대나무말 : 잎이 달린 푸른 대나무를 어린이들이 가랑이에 넣어서 끌고 다
  니며 노는 죽마.
* 대모풍잠 : 대모갑으로 만든 풍잠.
* 또요 : 도요새.
* 장반시계 : 쟁반시계. 쟁반같이 둥근 시계.

야우소회 夜雨小懷
― 물닭의 소리 5

캄캄한 비 속에
새빨간 달이 뜨고
하이얀 꽃이 퓌고
먼바루* 개가 짖는 밤은
어데서 물외* 내음새 나는 밤이다

캄캄한 비 속에
새빨간 달이 뜨고
하이얀 꽃이 퓌고
먼바루 개가 짖고
어데서 물외 내음새 나는 밤은

　나의 정다운 것들 가지 명태 노루 뫼추리 질동이 노랑나
뷔 바구지꽃 모밀국수 남치마 자개짚세기* 그리고 천희千
姬라는 이름이 한없이 그리워지는 밤이로구나

* 먼바루 : 멀찍이.
* 물외 : 오이.
* 자개짚세기 : 작은 조개껍데기를 주워 짚신에 가득 담아둔 것.

꼴두기
─ 물닭의 소리 6

신새벽 들망*에
내가 좋아하는 꼴두기가 들었다
갓 쓰고 사는 마음이 어진데
새끼 그물에 걸리는 건 어인 일인가

갈매기 날어온다

입으로 먹을 뿜는 건
몇십 년 도를 닦어 피는 조환가
앞뒤로 가기를 마음대로 하는 건
손자孫子의 병서兵書도 읽은 것이다
갈매가 쫑얼댄다

　그러나 시방 꼴두기는 배창에 너부러져 새새끼 같은 울
음을 우는 곁에서
　뱃사람들의 언젠가 아홉이서 회를 쳐먹고도 남어 한 깃*
씩 노나가지고 갔다는 크디큰 꼴두기의 이야기를 들으며

나는 슬프다

갈매기 날아난다

* 들망 : 후릿그물. 강이나 바다에 넓게 둘러치고 여러 사람이 두 끝을 끌어당
 겨 물고기를 잡는 큰 그물.
* 깃 : 무엇을 나눌 때, 각자에게 돌아오는 한몫.

멧새 소리

처마 끝에 명태明太를 말린다
명태는 꽁꽁 얼었다
명태는 길다랗고 파리한 물고긴데
꼬리에 길다란 고드름이 달렸다
해는 저물고 날은 다 가고 볕은 서러웁게 차갑다
나도 길다랗고 파리한 명태다
문門턱이 꽁꽁 얼어서
가슴에 길다란 고드름이 달렸다

박각시* 오는 저녁

당콩밥에 가지냉국의 저녁을 먹고 나서
바가지꽃 하이얀 지붕에 박각시 주락시* 붕붕 날아오면
집은 안팎 문을 횅하니 열젖기고
인간들은 모두 뒷등성으로 올라 멍석자리를 하고 바람을
쐬이는데
풀밭에는 어느새 하이얀 대림질감들이 한불 널리고
돌우래*며 팟중이* 산 옆이 들썩하니 울어댄다
이리하여 한울에 별이 잔콩 마당 같고
강낭밭에 이슬이 비 오듯 하는 밤이 된다

* 박각시 : 박각싯과의 나방.
* 주락시 : 줄각시나방.
* 돌우래 : 말똥벌레나 땅강아지와 비슷하나 조금 더 큰 벌레.
* 팟중이 : 팥중이. 메뚜깃과의 곤충.

넘언집* 범 같은 노큰마니*

　황토 마루 수무나무에 얼럭궁덜럭궁 색동헝겊 뜯개조박* 뵈짜배기* 걸리고 오쟁이* 끼애리* 달리고 소 삼은* 엄신* 같은 딥세기*도 열린 국수당고개를 몇 번이고 튀튀 춤을 뱉고 넘어가면 골안에 아늑히 묵은 영동*이 무겁기도 할 집이 한 채 안기었는데

　집에는 언제나 셴개* 같은 게사니*가 벅작궁* 고아내고* 말 같은 개들이 떠들썩 짖어대고 그리고 소거름 내음새 구수한 속에 엇송아지 히물쩍 너들씨는데*

　집에는 아배에 삼춘에 오마니에 오마니가 있어서 젖먹이를 마을 청눙* 그늘 밑에 삿갓을 씌워 한종일내 뉘어두고 김을 매려 다녔고 아이들이 큰마누래*에 작은마누래*에 제구실*을 할 때면 종아지물본*도 모르고 행길에 아이 송장이 거적뙈기에 말려나가면 속으로 얼마나 부러워하였고 그리고 끼때에는 부뚜막에 바가지를 아이덜 수대로 주룬히 늘어놓고 밥 한덩이 질게* 한 술 들여트려서는 먹였다는 소리

를 언제나 두고두고 하는데

일가들이 모두 범같이 무서워하는 이 노큰마니는 구덕살
이*같이 욱실욱실하는 손자 증손자를 방구석에 들매나무
회채리를 단으로 쩌다두고 따리고 싸리갱이*에 갓진창*을
매여놓고 따리는데

내가 엄매 등에 업혀가서 상사말*같이 항약*에 야기*를
쓰면 한창 피는 함박꽃을 밑가지채 꺾어주고 종대*에 달린
제물배*도 가지채 쩌주고 그리고 그 애끼는 게사니알도 두
손에 쥐어주곤 하는데

우리 엄매가 나를 가지는 때 이 노큰마니는 어느 밤 크나
큰 범이 한 마리 우리 선산으로 들어오는 꿈을 꾼 것을 우리
엄매가 서울서 시집을 온 것을 그리고 무엇보다도 내가 이
노큰마니의 당조카의 맏손자로 난 것을 대견하니 알뜰하니
기꺼이 여기는 것이었다

* 넘언집 : 산 너머, 고개 너머의 집.
* 노큰마니 : 증조할머니.
* 뜯개조박 : 뜯어진 헝겊 조각.
* 뵈짜배기 : 베 쪼가리.
* 오쟁이 : 짚으로 엮어 만든 작은 섬.
* 끼애리 : 꾸러미. 짚으로 길게 묶어 동인 것.
* 소 삼은 : 소疏 삼은. 성글게 삼은.
* 엄신 : 엄짚신. 상제가 초상 때부터 졸곡 때까지 신는 짚신.
* 딥세기 : 짚신.
* 영동 : 기둥과 마룻대를 아울러 이르는 말.
* 센개 : 털빛이 흰 개.
* 게사니 : 거위.
* 벅작궁 : 법석대는 모양.
* 고아내고 : 떠들어대고.
* 너들씨는데 : 너들거리는데. 분수없이 자꾸 까부는데.
* 청눙 : 청랭淸冷. 시원한 곳.
* 큰마누래 : 큰마마. 천연두.
* 작은마누래 : 작은마마. 수두.
* 제구실 : 어린아이들이 으레 치르는 홍역 따위를 이르는 말.
* 종아지물본 : 세상 물정.
* 질게 : 반찬.
* 구덕살이 : 구더기.
* 싸리갱이 : 싸리나무 줄기.
* 갓진창 : 갓에서 나온 말총으로 된 질긴 끈.
* 상사말 : 야생마.
* 항약 : 악을 쓰며 대드는 것.

116

* 야기 : 주로 어린아이들이 불만스러워서 야단하는 짓.
* 종대 : 파, 마늘, 달래 따위에서 꽃을 달기 위해 한가운데서 올라오는 줄기.
* 제물배 : 제사에 쓰는 배.

동뇨부童尿賦

   봄철날 한종일내 노곤하니 벌불* 장난을 한 날 밤이면 으레히 싸개동당*을 지나는데 잘망하니* 누워 싸는 오줌이 넓적다리를 흐르는 따근따근한 맛 자리에 펑하니 괴이는 척척한 맛

   첫여름 이른 저녁을 해치우고 인간들이 모두 터앞에 나와서 물외포기에 당콩포기에 오줌을 주는 때 터앞에 밭마당에 샛길에 떠도는 오줌의 매캐한 재릿한 내음새

   긴긴 겨울밤 인간들이 모두 한잠이 들은 재밤중에 나 혼자 일어나서 머리맡 쥐발 같은 새끼오강에 한없이 누는 잘매럽던 오줌의 사르릉 쪼로록 하는 소리

   그리고 또 엄매의 말엔 내가 아직 굳은 밥을 모르던 때* 살갗 퍼런 막내고무가 잘도 받어 세수를 하였다는 내 오줌빛은 이슬같이 샛말갛기도 샛맑았다는 것이다

* 벌불 : 들불.
* 싸개동당 : 오줌이 마려워 발을 동동 구르는 일.
* 잘망하니 : 얄밉게도.
* 군은 밥을 모르던 때 : 젖먹이 아기 때.

안동安東*

이방異邦 거리는
비 오듯 안개가 나리는 속에
안개 같은 비가 나리는 속에

이방異邦 거리는
콩기름 쫄이는 내음새 속에
섶누에 번디* 삶는 내음새 속에

이방異邦 거리는
도끼날 벼르는 돌물레 소리 속에
되광대* 켜는 되양금* 소리 속에

손톱을 시펄하니 길우고 기나긴 창꽈쯔*를 즐즐 끌고 싶
었다
　만두饅頭 꼬깔을 눌러쓰고 곰방대를 물고 가고 싶었다
　이왕이면 향香내 높은 취향리梨 돌배 움픽움픽 씹으며
머리채 츠렁츠렁 발굽을 차는 꾸냥*과 가즈런히 쌍마차雙馬

120

車 몰아가고 싶었다

* 안동 : 중국 요령성에 있는 단동시.
* 섶누에 번디 : 산누에의 번데기.
* 되광대 : 중국인 광대.
* 되양금 : 중국의 현악기.
* 창꽈쯔 : 장괘자長掛子. 중국식 긴 저고리.
* 꾸냥 : 처녀를 뜻하는 중국말.

목구木具

　오대五代나 나린다는 크나큰 집 다 찌그러진 들지고방*
어득시근한 구석에서 쌀독과 말쿠지와 숫돌과 신뚝*과 그
리고 옛적과 또 열두 데석님*과 친하니 살으면서

　한 해에 몇 번 매연 지난* 먼 조상들의 최방등 제사*에는
컴컴한 고방 구석을 나와서 대멀머리*에 외얏맹건*을 지르
터맨 늙은 제관의 손에 정갈히 몸을 씻고 교우 위에 모신 신
주 앞에 환한 촛불 밑에 피나무 소담한 제상 위에 떡 보탕
식혜 산적 나물지짐 반봉 과일 들을 공손하니 받들고 먼 후
손들의 공경스러운 절과 잔을 굽어보고 또 애끊는 통곡과
축을 귀에 하고 그리고 합문* 뒤에는 흠향* 오는 구신들과
호호히 접하는 것

　구신과 사람과 넋과 목숨과 있는 것과 없는 것과 한 줌 흙
과 한 점 살과 먼 옛조상과 먼 훗자손의 거룩한 아득한 슬픔
을 담는 것

내 손자의 손자와 손자와 나와 할아버지와 할아버지의 할아버지와 할아버지의 할아버지의 할아버지와…… 수원 백씨水原白氏 정주백촌定州白村의 힘세고 꿋꿋하나 어질고 정 많은 호랑이 같은 곰 같은 소 같은 피의 비 같은 밤 같은 달 같은 슬픔을 담는 것 아 슬픔을 담는 것

* 들지고방 : 외따로 지은, 들문만 나 있는 고방.
* 신뚝 : 방이나 마루 앞에 신발을 올리도록 놓아둔 돌.
* 열두 데석님 : 열두 제석帝釋. 무당이 섬기는 가신제家臣祭의 대상인 열두 신.
* 매연 지난 : 매년 지내온.
* 최방등 제사 : 평북 정주 지방의 전통적인 제사 풍속으로, 5대째부터 차손次孫이 제사를 지낸다.
* 대멀머리 : 아무것도 쓰지 않은 맨머리.
* 외얏맹건 : 오얏망건.
* 합문 : 귀신이 제삿밥을 먹을 때 문을 닫거나 병풍으로 가려두는 일.
* 흠향 : 신명神明이 제물을 받아서 먹는 것.

함남도안咸南道安

고원선高原線 종점終點인 이 작은 정거장停車場엔
그렇게도 우쭐대며 달가불시며 뛰어오던 뽕뽕차車가
가이없이 쓸쓸하니도 우두머니 서 있다

햇빛이 초롱불같이 희맑은데
해정한* 모래부리 플랫폼에선
모두들 쩔쩔 끓는 구수한 귀이리*차茶를 마신다

칠성七星고기라는 고기의 쩜벙쩜벙 뛰노는 소리가
쨋쨋하니* 들려오는 호수湖水까지는
들쭉이 한불 새까마니 익어가는 망연한 벌판을 지나가야
한다

* 해정한 : 깨끗하고 맑은.
* 귀이리 : 귀리.
* 쨋쨋하니 : 선명하니.

구장로球場路
— 서행시초西行詩抄 1

삼리三里 밖 강江쟁변엔 자갯돌에서
비멀이한* 옷을 부숭부숭 말려 입고 오는 길인데
산山모통고지 하나 도는 동안에 옷은 또 함북 젖었다

한 이십리二十里 가면 거리라든데
한겻* 남아 걸어도 거리는 뵈이지 않는다
나는 어니 외진 산길에서 만난 새악시가 곱기도 하든 것과
어니메 강물 속에 들여다뵈이든 쏘가리가 한 자나 되게
크든 것을 생각하며
산山비에 젖었다는 말렀다 하며 오는 길이다

이젠 배도 출출히 고팠는데
어서 그 옹기장사가 온다는 거리로 들어가면 무엇보다도
몬저 '주류판매업酒類販賣業'이라고 써붙인 집으로 들어가자

그 뜨수한 구들에서
따끈한 삼십오도三十五度 소주燒酒나 한잔 마시고

그리고 그 시래깃국에 소피를 넣고 두부를 두고 끓인 구수
한 술국을 트근히* 몇 사발이고 왕사발로 몇 사발이고 먹자

* 비멀이한 : 비에 온몸이 젖은.
* 한겻 : 반나절.
* 트근히 : 수두룩하게.

북신北新*
— 서행시초西行詩抄 2

거리에서는 모밀내가 났다

부처를 위하는 정갈한 노친네의 내음새 같은 모밀내가
났다

어쩐지 향산香山 부처님이 가까웁다는 거린데

국숫집에서는 농짝 같은 도야지를 잡어걸고 국수에 치는
도야지고기는 돗바늘* 같은 털이 드문드문 백였다

나는 이 털도 안 뽑은 도야지고기를 물끄러미 바라보며

또 털도 안 뽑은 고기를 시끼면 맨모밀국수에 얹어서 한
입에 꿀꺽 삼키는 사람들을 바라보며

나는 문득 가슴에 뜨끈한 것을 느끼며

소수림왕小獸林王을 생각한다 광개토대왕廣開土大王을 생
각한다

* 북신 : 평북 영변군 북신현면.
* 돗바늘 : 매우 크고 굵은 바늘.

팔원 八院
— 서행시초西行詩抄 3

차디찬 아침인데

묘향산행妙香山行 승합자동차乘合自動車는 텅하니 비어서

나이 어린 계집아이 하나가 오른다

옛말속같이 진진초록 새 저고리를 입고

손잔등이 밭고랑처럼 몹시도 터졌다

계집아이는 자성慈城으로 간다고 하는데

자성은 예서 삼백오십리三百五十里 묘향산妙香山 백오십
리百五十里

묘향산 어디메서 삼촌이 산다고 한다

쌔하얗게 얼은 자동차自動車 유리창 밖에

내지인內地人 주재소장駐在所長 같은 어른과 어린아이 둘
이 내임을 낸다*

계집아이는 운다 느끼며 운다

텅 비인 차車 안 한구석에서 어느 한 사람도 눈을 씻는다

계집아이는 몇 해고 내지인 주재소장 집에서

밥을 짓고 걸레를 치고 아이보개*를 하면서

이렇게 추운 아침에도 손이 꽁꽁 얼어서

128

찬물에 걸레를 쳤을 것이다

* 내임을 낸다 : 배웅을 한다.
* 아이보개 : 애보개. 아이 돌보는 일을 맡아 하는 사람.

월림月林 장

― 서행시초西行詩抄 4

'자시동북팔십천희천自是東北八〇粁熙川'의 푯標 말이 선 곳
돌능와집에 소달구지에 싸리신에 옛날이 사는 장거리에
어니 근방 산천山川에서 덜거기* 꺽꺽 검방지게 운다

초아흐레 장판에
산 멧도야지 너구리가죽 튀튀새 났다
또 가얌*에 귀이리에 도토리묵 도토리범벅도 났다

나는 주먹다시 같은 떡당이*에 꿀보다도 달다는 강낭엿
을 산다
그리고 물이라도 들 듯이 새노랗디샛노란 산골 마가을*
볕에 눈이 시울도록 샛노랗디샛노란 햇기장 쌀을 주무르며
기장쌀은 기장차떡이 좋고 기장차랍*이 좋고 기장감주
가 좋고 그리고 기장쌀로 쑨 호박죽은 맛도 있는 것을 생각
하며 나는 기뿌다

3부
흰 바람벽이 있어

북방北方에서
   — 정현웅鄭玄雄*에게

아득한 옛날에 나는 떠났다

부여扶餘를 숙신肅愼을 발해勃海를 여진女眞을 요遼를 금

金을

흥안령興安嶺을 음산陰山*을 아무우르*를 숭가리*를

범과 사슴과 너구리를 배반하고

송어와 메기와 개구리를 속이고 나는 떠났다

나는 그때

자작나무와 이깔나무의 슬퍼하든 것을 기억한다

갈대와 장풍의 붙드든 말도 잊지 않었다

오로촌*이 멧돌을 잡어 나를 잔치해 보내든 것도

쏠론*이 십릿길을 따러나와 울든 것도 잊지 않었다

나는 그때

아무 이기지 못할 슬픔도 시름도 없이

다만 게을리 먼 앞대로 떠나 나왔다

그리하여 따사한 햇귀에서 하이얀 옷을 입고 매끄러운

밥을 먹고 단샘을 마시고 낮잠을 잤다
　　밤에는 먼 개소리에 놀라나고
　　아침에는 지나가는 사람마다에게 절을 하면서도
　　나는 나의 부끄러움을 알지 못했다

　　그 동안 돌비는 깨어지고 많은 은금보화는 땅에 묻히고
가마귀도 긴 족보를 이루었는데
　　이리하야 또 한 아득한 새 옛날이 비롯하는 때
　　이제는 참으로 이기지 못할 슬픔과 시름에 쫓겨
　　나는 나의 옛 한울로 땅으로 ― 나의 태반胎盤으로 돌아왔
으나

　　이미 해는 늙고 달은 파리하고 바람은 미치고 보래구름
만 혼자 넋 없이 떠도는데

　　아, 나의 조상은 형제는 일가친척은 정다운 이웃은 그리
운 것은 사랑하는 것은 우러르는 것은 나의 자랑은 나의 힘

136

은 없다 바람과 물과 세월과 같이 지나가고 없다

* 정현웅 : 서양화가. 〈동아일보〉〈조선일보〉,《조광》《여성》《소년》등 신문과
  잡지에 수많은 삽화와 표지화를 그렸다.
* 음산 : 중국 몽골고원 남쪽에 뻗어 있는 산맥.
* 아무우르 : 흑룡강. 아무르강.
* 숭가리 : 송화강.
* 오로촌 : 오로촌족. 중국 동북 지방에 거주하는 소수민족의 하나.
* 쏠론 : 솔론족. 중국 동북 지방에 거주하는 소수민족의 하나.

수박씨, 호박씨

어진 사람이 많은 나라에 와서
어진 사람의 짓을 어진 사람의 마음을 배워서
수박씨 닦은* 것을 호박씨 닦은 것을 입으로 앞니빨로 밝
는다

수박씨 호박씨를 입에 넣는 마음은
참으로 철없고 어리석고 게으른 마음이나
이것은 또 참으로 밝고 그윽하고 깊고 무거운 마음이라
이 마음 안에 아득하니 오랜 세월이 아득하니 오랜 지혜
가 또 아득하니 오랜 인정人情이 깃들인 것이다
태산泰山의 구름도 황하黃河의 물도 옛임군의 땅과 나무
의 덕도 이 마음 안에 아득하니 뵈이는 것이다

이 적고 가부엽고 갤족한* 희고 까만 씨가
조용하니 또 도고하니* 손에서 입으로 입에서 손으로 오
르나리는 때
벌에 우는 새소리도 듣고 싶고 거문고도 한 곡조 뜯고 싶

고 한 오천五千 말 남기고 함곡관函谷關*도 넘어가고 싶고

　기쁨이 마음에 뜨는 때는 희고 까만 씨를 앞니로 까서 잔나비가 되고

　근심이 마음에 앉는 때는 희고 까만 씨를 혀끝에 물어 까막까치가 되고

　어진 사람이 많은 나라에서는

　오두미五斗米*를 버리고 버드나무 아래로 돌아온 사람도

　그 옆차개*에 수박씨 닦은 것은 호박씨 닦은 것은 있었을 것이다

　나물 먹고 물 마시고 팔베개하고 누웠든 사람도

　그 머리맡에 수박씨 닦은 것은 호박씨 닦은 것은 있었을 것이다

* 닦은 : 볶은.
* 갤족한 : 갈쭉한.
* 도고하니 : 고상하게.
* 함곡관 : 중국 허난성 북서부에 있어 동쪽의 중원으로부터 서쪽의 관중으로 통하는 관문.
* 오두미 : 다섯 말의 쌀이라는 뜻으로, 얼마 안 되는 봉급을 이르는 말.
* 옆차개 : 옆에 차는 것.

허준許俊[*]

그 맑고 거룩한 눈물의 나라에서 온 사람이여
그 따사하고 살틀한 볕살의 나라에서 온 사람이여

눈물의 또 볕살의 나라에서 당신은
이 세상에 나들이를 온 것이다
쓸쓸한 나들이를 단기려 온 것이다

눈물의 또 볕살의 나라 사람이여
당신의 그 긴 허리를 굽히고 뒤짐을 지고 지치운 다리로
싸움과 흥정으로 왁자지껄하는 거리를 지날 때든가
추운 겨울밤 병들어 누운 가난한 동무의 머리맡에 앉어
말없이 무릎 위 어린 고양이의 등만 쓰다듬는 때든가
당신의 그 고요한 가슴 안에 온순한 눈가에
당신네 나라의 맑은 한울이 떠오를 것이고
당신의 그 푸른 이마에 삐여진 어깻죽지에
당신네 나라의 따사한 바람결이 스치고 갈 것이다

높은 산도 높은 꼭다기에 있는 듯한

아니면 깊은 물도 깊은 밑바닥에 있는 듯한 당신네 나라의

하늘은 얼마나 맑고 높을 것인가

바람은 얼마나 따사하고 향기로울 것인가

그리고 이 하늘 아래 바람결 속에 퍼진

그 풍속은 인정은 그리고 그 말은 얼마나 좋고 아름다울
것인가

다만 한 사람 목이 긴 시인詩人은 안다

'도스토이옙흐스키'며 '죠이쓰'며 누구보다도 잘 알고 일
등가는 소설도 쓰지만

아무것도 모르는 듯이 어드근한 방안에 굴어 게으르는
것을 좋아하는 그 풍속을

사랑하는 어린것에게 엿 한 가락을 아끼고 위하는 아내
에겐 해진 옷을 입히면서도

마음이 가난한 낯설은 사람에게 수백냥 돈을 거저 주는
그 인정을 그리고 또 그 말을

사람은 모든 것을 다 잃어버리고 넋 하나를 얻는다는 크나큰 그 말을

　그 먼은 눈물의 또 볕살의 나라에서
　이 세상에 나들이를 온 사람이여
　이 목이 긴 시인이 또 게사니처럼 떠곤다고*
　당신은 쓸쓸히 웃으며 바둑판을 당기는구려

* 허준 : 평북 용천 출신의 소설가. 백석의 절친한 친구.
* 떠곤다고 : 떠든다고.

143

귀농歸農

백구둔白狗屯*의 눈 녹이는 밭 가운데 땅 풀리는 밭 가운데
촌부자 노왕老王하고 같이 서서
밭최뚝*에 즘부러진 땅버들의 버들개지 피여나는 데서
볕은 장글장글 따사롭고 바람은 솔솔 보드라운데
나는 땅님자 노왕한테 석상디기* 밭을 얻는다

노왕은 집에 말과 나귀며 오리에 닭도 우울거리고
고방엔 그득히 감자에 콩곡석도 들여 쌓이고
노왕은 채매*도 힘이 들고 하루종일 백령조白鈴鳥 소리나
들으려고
밭을 오늘 나한테 주는 것이고
나는 이젠 귀치않은 측량測量도 문서文書도 싫증이 나고
낮에는 마음 놓고 낮잠도 한잠 자고 싶어서
아전 노릇을 그만두고 밭을 노왕한테 얻는 것이다

날은 챙챙 좋기도 좋은데
눈도 녹으며 술렁거리고 버들도 잎 트며 수선거리고

저 한쪽 마을에는 마돝*에 닭 개 즘생도 들떠들고
또 아이 어른 행길에 뜨락에 사람도 웅성웅성 흥성거려
나는 가슴이 이 무슨 흥에 벅차오며
이 봄에는 이 밭에 감자 강냉이 수박에 오이며 당콩에 마
늘과 파도 심그리라 생각한다

수박이 열면 수박을 먹으며 팔며
감자가 앉으면 감자를 먹으며 팔며
까막까치나 두더쥐 돝벌기*가 와서 먹으면 먹는 대로 두
어두고
도적이 조금 걷어가도 걷어가는 대로 두어두고
아, 노왕, 나는 이렇게 생각하노라
나는 노왕을 보고 웃어 말한다

이리하여 노왕은 밭을 주어 마음이 한가하고
나는 밭을 얻어 마음이 편안하고
디퍽디퍽 눈을 밟으며 터벅터벅 흙도 덮으며

사물사물* 햇볕은 목덜미에 간지로워서

노왕은 팔짱을 끼고 이랑을 걸어

나는 뒤짐을 지고 고랑을 걸어

밭을 나와 밭뚝을 돌아 도랑을 건너 행길을 돌아

지붕에 바람벽에 울바주에 볕살 쇠리쇠리한* 마을을 가르치며

노왕은 나귀를 타고 앞에 가고

나는 노새를 타고 뒤에 따르고

마을 끝 충왕묘蟲王廟에 충왕을 찾아뵈려 가는 길이다

토신묘土神廟에 토신도 찾어뵈려 가는 길이다

* 백구둔 : 중국 길림성에 있는 마을 이름.
* 밭최뚝 : 밭두둑.
* 석상디기 : 석 섬지기.
* 채매 : 채마밭.
* 마돝 : 말과 돼지.
* 돌벌기 : 잎벌레.
* 사물사물 : 살갗에 작은 벌레가 기어가는 것처럼 간질간질한 느낌.
* 쇠리쇠리한 : 눈부신.

146

국수

눈이 많이 와서

산엣새가 벌로 나려 멕이고

눈구덩이에 토끼가 더러 빠지기도 하면

마을에는 그 무슨 반가운 것이 오는가보다

한가한 애동들은 어둡도록 꿩사냥을 하고

가난한 엄매는 밤중에 김치가재미로 가고

마을을 구수한 즐거움에 싸서 은근하니 흥성흥성 들뜨게
하며

이것은 오는 것이다

이것은 어늬 양지귀 혹은 능달쪽 외따른 산 옆 은댕이*
예데가리밭*에서

하로밤 뽀오한 흰 김 속에 접시귀 소기름불이 뿌우현 부
엌에

산멍에* 같은 분틀*을 타고 오는 것이다

이것은 아득한 옛날 한가하고 즐겁든 세월로부터

실 같은 봄비 속을 타는 듯한 여름볕 속을 지나서 들쿠레
한* 구시월 갈바람 속을 지나서

대대로 나며 죽으며 죽으며 나며 하는 이 마을 사람들의
으젓한 마음을 지나서 텁텁한 꿈을 지나서

지붕에 마당에 우물든덩*에 함박눈이 푹푹 쌓이는 여늬
하로밤

아배 앞에 그 어린 아들 앞에 아배 앞에는 왕사발에 아들
앞에는 새끼사발에 그득히 사리워 오는 것이다

이것은 그 곰의 잔등에 업혀서 길여났다는 먼 옛적 큰마
니가

또 그 짚등색이에 서서 자채기를 하면 산 넘엣 마을까지
들렸다는

먼 옛적 큰아바지*가 오는 것같이 오는 것이다

아, 이 반가운 것은 무엇인가

이 히수무레하고 부드럽고 수수하고 슴슴한 것은 무엇
인가

겨울밤 쩡하니 익은 동티미국을 좋아하고 얼얼한 댕추가
루*를 좋아하고 싱싱한 산꿩의 고기를 좋아하고

그리고 담배 내음새 탄수* 내음새 또 수육을 삶는 육수국
내음새 자욱한 더북한 삿방* 쩔쩔 끓는 아르궅*을 좋아하는
이것은 무엇인가

　이 조용한 마을과 이 마을의 으젓한 사람들과 살틀하니
친한 것은 무엇인가
　이 그지없이 고담枯淡하고 소박素朴한 것은 무엇인가

*은댕이 : 가장자리.
*예데가리밭 : 산꼭대기에 있는 비탈밭.
*산멍에 : 이무기.
*분틀 : 국수틀.
*들쿠레한 : 조금 들큼한.
*우물든덩 : 우물둔덕. 우물 둘레의 작은 둑 모양으로 된 곳.
*큰아바지 : '할아버지'의 평북 방언.
*댕추가루 : 고춧가루.
*탄수 : 식초.
*삿방 : 삿자리를 깐 방.
*아르궅 : 아랫목.

『호박꽃 초롱』* 서시序詩

한울은
울파주*가에 우는 병아리를 사랑한다
우물돌 아래 우는 돌우래*를 사랑한다
그리고 또
버드나무 밑 당나귀 소리를 임내내는 시인을 사랑한다

한울은
풀 그늘 밑에 삿갓 쓰고 사는 버슷을 사랑한다
모래 속에 문 잠그고 사는 조개를 사랑한다
그리고 또
두틈한 초가지붕 밑에 호박꽃 초롱 혀고* 사는 시인을 사
랑한다

한울은
공중에 떠도는 흰구름을 사랑한다
골짜구니로 숨어 흐르는 개울물을 사랑한다
그리고 또

아늑하고 고요한 시골 거리에서 쟁글쟁글 햇볕만 바래는
시인을 사랑한다

　한울은
　이러한 시인이 우리들 속에 있는 것을 더욱 사랑하는데
　이러한 시인이 누구인 것을 세상은 몰라도 좋으나
　그러나
　그 이름이 강소천姜小泉인 것을 송아지와 꿀벌은 알 것
이다

* 『호박꽃 초롱』 : 1941년 박문서관에서 발행한 강소천의 동시집.
* 울파주 : 울바자. 대, 갈대, 수수깡 등을 발처럼 엮어 만든 울타리.
* 돌우래 : 땅강아지.
* 혀고 : 켜고.

흰 바람벽이 있어

오늘 저녁 이 좁다란 방의 흰 바람벽에
어쩐지 쓸쓸한 것만이 오고 간다
이 흰 바람벽에
희미한 십오촉+五燭 전등이 지치운 불빛을 내어던지고
때글은* 다 낡은 무명샤쯔가 어두운 그림자를 쉬이고
그리고 또 달디단 따끈한 감주나 한잔 먹고 싶다고 생각
하는 내 가지가지 외로운 생각이 헤매인다
그런데 이것은 또 어인 일인가
이 흰 바람벽에
내 가난한 늙은 어머니가 있다
내 가난한 늙은 어머니가
이렇게 시퍼러둥둥하니 추운 날인데 차디찬 물에 손은
담그고 무이며 배추를 씻고 있다
또 내 사랑하는 사람이 있다
내 사랑하는 어여쁜 사람이
어늬 먼 앞대* 조용한 개포*가의 나즈막한 집에서
그의 지아비와 마조 앉어 대구국을 끓여놓고 저녁을 먹

는다

　벌써 어린것도 생겨서 옆에 끼고 저녁을 먹는다

　그런데 또 이즈막하야 어느 사이엔가

　이 흰 바람벽엔

　내 쓸쓸한 얼골을 쳐다보며

　이러한 글자들이 지나간다

　— 나는 이 세상에서 가난하고 외롭고 높고 쓸쓸하니 살

어가도록 태어났다

　　그리고 이 세 상을 살아가는데

　　내 가슴은 너무도 많이 뜨거운 것으로 호젓한 것으로

사랑으로 슬픔으로 가득 찬다

　그리고 이번에는 나를 위로하는 듯이 나를 울력*하는

듯이

　눈질을 하며 주먹질을 하며 이런 글자들이 지나간다

　— 하눌이 이 세상을 내일 적에 그가 가장 귀해하고 사랑

하는 것들은 모두

　　가난하고 외롭고 높고 쓸쓸하니 그리고 언제나 넘치는

사랑과 슬픔 속에 살도록 만드신 것이다

　초생달과 바구지꽃과 짝새와 당나귀가 그러하듯이

　그리고 또 '프랑시쓰 쨈'과 도연명陶淵明과 '라이넬 마
리아 릴케'가 그러하듯이

* 때글은 : 오래도록 땀과 때에 전.
* 앞대 : 어떤 지방에서 그 남쪽의 지방을 이르는 말.
* 개포 : 강물이나 바닷물이 드나드는 곳.
* 울력 : 여러 사람이 힘을 합하여 일함. 또는 그런 힘.

촌에서 온 아이

촌에서 온 아이여
촌에서 어젯밤에 승합자동차乘合自動車를 타고 온 아이여
이렇게 추운데 웃동*에 무슨 두룽이* 같은 것을 하나 걸
치고 아랫두리는 쪽 발가벗은 아이여
뽈다구에는 징기징기 앙괭이*를 그리고 머리칼이 놀한
아이여
힘을 쓸랴고 벌써부터 두 다리가 푸둥푸둥하니 살이 찐
아이여
너는 오늘 아침 무엇에 놀라서 우는구나
분명코 무슨 거짓되고 쓸데없는 것에 놀라서
그것이 네 맑고 참된 마음에 분해서 우는구나
이 집에 있는 다른 많은 아이들이
모도들 욕심 사납게 지게굳게* 일부러 청을 돋혀서
어린아이들치고는 너무나 큰 소리로 너무나 뛰겁* 많은
소리로 울어대는데
너만은 타고난 그 외마디소리로 스스로웁게 삼가면서 우
는구나

네 소리는 조금 썩심하니* 쉬인 듯도 하다

네 소리에 내 마음은 반끗히 밝어오고 또 호끈히 더워오고 그리고 즐거워온다

나는 너를 껴안어 올려서 네 머리를 쓰다듬고 힘껏 네 적은 손을 쥐고 흔들고 싶다

네 소리에 나는 촌 농삿집의 저녁을 짓는 때

나주볕*이 가득 드리운 밝은 방안에 혼자 앉어서

실감기며 버선짝을 가지고 쓰렁쓰렁* 노는 아이를 생각한다

또 여름날 낮 기운 때 어른들이 모두 벌에 나가고 텅 뷔인 집 토방에서

햇강아지의 쌀랑대는 성화를 받어가며 닭의 똥을 주워먹는 아이를 생각한다

촌에서 와서 오늘 아침 무엇이 분해서 우는 아이여

너는 분명히 하눌이 사랑하는 시인이나 농사꾼이 될 것이로다

* 웃동 : 윗도리.
* 두룽이 : 도롱이. 짚이나 띠 따위로 엮어 허리나 어깨에 걸쳐 두르는 비옷.
* 앙광이 : 앙괭이. 잠을 자는 사람의 얼굴에 먹이나 검정으로 함부로 그려놓
  는 일.
* 지게굳게 : 고집스럽게.
* 뒤겁 : 겁怯.
* 썩심하니 : 목이 쉰 듯하니.
* 나주볕 : 저녁 햇볕.
* 쓰렁쓰렁 : 일을 건성으로 하는 모양.

조당藻塘*에서

나는 지나支那*나라 사람들과 같이 목욕을 한다
무슨 은殷이며 상商이며 월越이며 하는 나라 사람들의
후손들과 같이
한물통 안에 들어 목욕을 한다
서로 나라가 다른 사람인데
다들 쪽 발가벗고 같이 물에 몸을 녹히고 있는 것은
대대로 조상도 서로 모르고 말도 제가끔 틀리고 먹고 입
는 것도 모도 다른데
이렇게 발가들 벗고 한물에 몸을 씻는 것은
생각하면 쓸쓸한 일이다
이 딴 나라 사람들이 모두 이마들이 번번하니 넓고 눈은
컴컴하니 흐리고
그리고 길즛한 다리에 모두 민숭민숭하니 다리털이 없는
것이
이것이 나는 왜 자꾸 슬퍼지는 것일까
그런데 저기 나무판장에 반쯤 나가 누워서
나주볕을 한없이 바라보며 혼자 무엇을 즐기는 듯한 목

이 긴 사람은
　도연명陶淵明은 저러한 사람이였을 것이고
　또 여기 더운물에 뛰어들며
　무슨 물새처럼 악악 소리를 지르는 삐삐 파리한 사람은
　양자楊子*라는 사람은 아모래도 이와 같었을 것만 같다
　나는 시방 옛날 진晉이라는 나라나 위衛라는 나라에 와서
　내가 좋아하는 사람들을 만나는 것만 같다
　이리하야 어쩐지 내 마음은 갑자기 반가워지나
　그러나 나는 조금 무서웁고 외로워진다
　그런데 참으로 그 은殷이며 상商이며 월越이며 위衛며
진晉이며 하는 나라 사람들의 이 후손들은
　얼마나 마음이 한가하고 게으른가
　더운물에 몸을 불키거나 때를 밀거나 하는 것도 잊어버
리고
　제 배꼽을 들여다보거나 남의 낯을 쳐다보거나 하는 것
인데
　이러면서 그 무슨 제비의 춤이라는 연소탕燕巢湯이 맛도

있는 것과

　또 어늬바루* 새악시가 곱기도 한 것 같은 것을 생각하는
것일 것인데

　나는 이렇게 한가하고 게으르고 그러면서 목숨이라든가
인생이라든가 하는 것을 정말 사랑할 줄 아는

　그 오래고 깊은 마음들이 참으로 좋고 우러러진다

　그러나 나라가 서로 다른 사람들이

　글쎄 어린 아이들도 아닌데 쪽 발가벗고 있는 것은

　어쩐지 조금 우수웁기도 하다

* 조당 : 짜오탕. 목욕탕.
* 지나 : 중국의 다른 이름.
* 양자 : 중국 전국 시대의 학자.
* 어늬바루 : 어디쯤.

두보杜甫 나 이백李白 같이

오늘은 정월正月 보름이다

대보름 명절인데

나는 멀리 고향을 나서 남의 나라 쓸쓸한 객고*에 있는

신세로다

옛날 두보나 이백 같은 이 나라의 시인도

먼 타관에 나서 이날을 맞은 일이 있었을 것이다

오늘 고향의 내 집에 있는다면

새 옷을 입고 새 신도 신고 떡과 고기도 억병* 먹고

일가친척들과 서로 모여 즐거이 웃음으로 지날 것이연만

나는 오늘 때문은 입든 옷에 마른물고기 한 토막으로

혼자 외로이 앉아 이것저것 쓸쓸한 생각을 하는 것이다

옛날 그 두보나 이백 같은 이 나라의 시인도

이날 이렇게 마른물고기 한 토막으로 외로이 쓸쓸한 생

각을 한 적도 있었을 것이다

나는 이제 어늬 먼 외진 거리에 한고향 사람의 조고마한

가업집이 있는 것을 생각하고

이 집에 가서 그 맛스러운 떡국이라도 한 그릇 사먹으리

라 한다

　우리네 조상들이 먼먼 옛날로부터 대대로 이날엔 으레히 그러하며 오듯이

　먼 타관에 난 그 두보나 이백 같은 이 나라의 시인도

　이날은 그 어늬 한고향 사람의 주막이나 반관飯館을 찾어가서

　그 조상들이 대대로 하든 본대로 원소元宵라는 떡을 입에 대며

　스스로 마음을 느꾸어* 위안하지 않었을 것인가

　그러면서 이 마음이 맑은 옛 시인들은

　먼 훗날 그들의 먼 훗자손들도

　그들의 본을 따서 이날에는 원소를 먹을 것을

　외로이 타관에 나서도 이 원소를 먹을 것을 생각하며

　그들이 아득하니 슬펐을 듯이

　나도 떡국을 놓고 아득하니 슬플 것이로다

　아, 이 정월正月 대보름 명절인데

　거리에는 오독독이* 탕탕 터지고 호궁胡弓 소리 뺼뺼 높

아서

　내 쓸쓸한 마음엔 자꾸 이 나라의 옛 시인들이 그들의 쓸
쓸한 마음들이 생각난다

　내 쓸쓸한 마음은 아마 두보나 이백 같은 사람들의 마음
인지도 모를 것이다

　아무려나 이것은 옛투의 쓸쓸한 마음이다

* 객고 : 객지에서 겪는 고생.
* 억병 : 매우 많이.
* 느꾸어 : 어떤 느낌이 마음에 북받쳐서 벅차.
* 오독독이 : 오독도기. 불꽃놀이에 쓰는 딱총의 하나. 화약 심지에 불을 붙이
　면 터지는 소리를 내면서 불꽃이 떨어진다.

남신의주 유동 박시봉방南新義州柳洞朴時逢方

어느 사이에 나는 아내도 없고, 또,
아내와 같이 살던 집도 없어지고,
그리고 살뜰한 부모며 동생들과도 멀리 떨어져서,
그 어느 바람 세인 쓸쓸한 거리 끝에 헤매이었다.
바로 날도 저물어서,
바람은 더욱 세게 불고, 추위는 점점 더해 오는데,
나는 어느 목수木手네 집 헌 삿*을 깐,
한 방에 들어서 쥔을 붙이었다.*
이리하여 나는 이 습내 나는 춥고, 누긋한 방에서,
낮이나 밤이나 나는 나 혼자도 너무 많은 것같이 생각하며,
딜옹배기*에 북덕불*이라고 담겨 오면,
이것을 안고 손을 쬐며 재 우에 뜻없이 글자를 쓰기도
하며,
또 문밖에 나가디도 않고 자리에 누워서,
머리에 손깍지벼개를 하고 굴기도 하면서,
나는 내 슬픔이며 어리석음이며를 소처럼 연하여 쌔김질
하는 것이었다.

164

내 가슴이 꽉 메어 올 적이며,

내 눈에 뜨거운 것이 핑 괴일 적이며,

또 내 스스로 화끈 낯이 붉도록 부끄러울 적이며,

나는 내 슬픔과 어리석음에 눌리어 죽을 수밖에 없는 것
을 느끼는 것이었다.

그러나 잠시 뒤에 나는 고개를 들어,

허연 문창을 바라보든가 또 눈을 떠서 높은 천장을 쳐다
보는 것인데,

이때 나는 내 뜻이며 힘으로, 나를 이끌어 가는 것이 힘든
일인 것을 생각하고,

이것들보다 더 크고, 높은 것이 있어서, 나는 마음대로 굴
려 가는 것을 생각하는 것인데,

이렇게 하여 여러 날이 지나는 동안에,

내 어지러운 마음에는 슬픔이며, 한탄이며, 가라앉을 것
은 차츰 앙금이 되어 가라앉고,

외로운 생각만이 드는 때쯤 해서는,

더러 나줏손*에 쌀랑쌀랑 싸락눈이 와서 문창을 치기도

하는 때도 있는데,

　　나는 이런 저녁에는 화로를 더욱 다가 끼며, 무릎을 꿇어
보며,

　　어니 먼 산 뒷옆에 바우섶에 따로 외로이 서서,

　　어두워 오는데 하이야니 눈을 맞을, 그 마른 잎새에는,

　　쌀랑쌀랑 소리도 나며 눈을 맞을,

　　그 드물다는 굳고 정한 갈매나무라는 나무를 생각하는
것이었다.

---

* 샷 : 갈대를 엮어서 만든 자리.
* 권을 붙이었다 : 주인을 붙이었다. 즉, '세를 살게 되었다'는 뜻.
* 딜옹배기 : 아주 작은 자배기.
* 북덕불 : 북데기에 피운 불.
* 나줏손 : 저녁 무렵.

칠월七月 백중

마을에서는 세불 김*을 다 매고 들에서

개장취념*을 서너 번 하고 나면

백중 좋은 날이 슬그머니 오는데

백중날에는 새악시들이

생모시치마 천진푀치마의 물팩치기* 껑추렁한 치마에

쇠주푀적삼 항라적삼의 자지고름*이 기드렁한 적삼에

한끝나게* 상나들이옷을 있는 대로 다 내 입고

머리는 다리*를 서너 커레씩 드려서

시뻘건 꼬둘채댕기를 삐뚜룩하니 해 꽂고

네날백이* 따배기*신을 맨발에 바꿔 신고

고개를 몇이라도 넘어서 약물터로 가는데

무썩무썩 더운 날에도 벌길에는

건들건들 씨연한 바람이 불어오고

허리에 찬 남갑사* 주머니에는 오랜만에 돈푼이 들어 즈

벅이고

광지보*에서 나온 은장두에 바눌집에 원앙에 바둑에

번들번들하는 노리개는 스르럭스르럭 소리가 나고

고개를 몇이라도 넘어서 약물터로 오면

약물터엔 사람들이 백재일* 치듯 하였는데

봉가집*에서 온 사람들도 만나 반가워하고

깨죽이며 문주*며 섭가락* 앞에 송구떡을 사서 권하거니

먹거니 하고

그러다는 백중물을 내는 소내기를 함뿍 맞고

호주를하니* 젖어서 달아나는데

이번에는 꿈에도 못 잊는 봉가집에 가는 것이다

봉가집을 가면서도 칠월 七月 그믐 초가을을 할 때까지

평안하니 집살이를 할 것을 생각하고

애끼는 옷을 다 적시어도 비는 씨원만 하다고 생각한다

* 세불 김 : 세 벌 김. 벼를 심은 논에 마지막으로 하는 김매기.

* 개장취념 : 각자 돈을 내어 개장국을 끓여 먹는 것.

* 물팩치기 : 무릎까지 오는.

* 자지고름 : 자줏빛 옷고름.

* 한끝나게 : 한껏.

* 다리 : 예전에, 여자들이 머리숱이 많아 보이도록 덧땋은 댕기머리.

* 네날백이 : 세로줄로 네 가닥 날로 짠 짚신.

* 따배기 : 곱게 삼은 짚신.

* 남갑사 : 남색으로 된 고급 비단.

* 광지보 : 광주리 보자기.

* 백재일 : 백일재. 사람이 죽은 날로부터 백 일째 되는 날 드리는 불공.

* 봉가집 : 본가집. 친정집.

* 문주 : 문추. 부꾸미.

* 섭가락 : '섭산적 꼬치'를 말하는 것으로 보인다.

* 호주를하니 : 물에 젖어 후줄근하니.

산山

머리 빗기가 싫다면
니가 들구 나서
머리채를 끄을구 오른다는
산山이 있었다

산山 너머는
겨드랑이에 깃이 돋아서 장수가 된다는
더꺼머리 총각들이 살아서
색시 처녀들을 잘도 업어간다고 했다
산山마루에 서면
멀리 언제나 늘 그물그물
그늘만 친 건넌산山에서
벼락을 맞아 바윗돌이 되었다는
큰 땅꽹이 한 마리
수염을 뻗치고 건너다보는 것이 무서웠다

그래도 그 쉬영꽃 진달래 빨가니 핀 꽃바위 너머

산山 잔등에는 가지취 뻐국채 게루기 고사리 산山나물판

산山나물 냄새 물씬물씬 나는데

나는 복장노루*를 따라 뛰었다

* 복장노루 : 복작노루. 고라니.

적막강산

오이밭에 벌배채* 통이 지는 때는
산에 오면 산 소리
벌로 오면 벌 소리

산에 오면
큰솔밭에 뻐꾸기 소리
잔솔밭에 덜거기 소리

벌로 오면
논두렁에 물닭의 소리
갈밭에 갈새 소리

산으로 오면 산이 들썩 산 소리 속에 나 홀로
벌로 오면 벌이 들썩 벌 소리 속에 나 홀로

정주定州 동림東林 구십九十여 리里 긴긴 하로 길에
산에 오면 산 소리 벌에 오면 벌 소리

적막강산에 나는 있노라

마을은 맨천* 구신이 돼서

나는 이 마을에 태어나기가 잘못이다
마을은 맨천 구신이 돼서
나는 무서워 오력*을 펼 수 없다
자 방안에는 성주님
나는 성주님이 무서워 토방으로 나오면 토방에는 디운
구신*
나는 무서워 부엌으로 들어가면 부엌에는 부뚜막에 조
앙님

나는 뛰쳐나와 얼른 고방으로 숨어버리면 고방에는 또
시렁에 데석님
나는 이번에는 굴통 모통이로 달아가는데 굴통*에는 굴
대장군*
얼혼이 나서* 뒤울안으로 가면 뒤울안에는 곱새녕* 아래
털능구신*
나는 이제는 할 수 없이 대문을 열고 나가려는데 대문간
에는 근력 세인 수문장

174

나는 겨우 대문을 삐쳐나 바깥으로 나와서

밭 마당귀 연자간 앞을 지나가는데 연자간에는 또 연자
망구신*

나는 고만 디겁을 하여 큰 행길로 나서서 마음 놓고 화리
서리* 걸어가다 보니

아아 말 마라 내 발뒤축에는 오나가나 묻어 다니는 달걀
구신

마을은 온데간데 구신이 돼서 나는 아무 데도 갈 수 없다

* 맨천 : 온통. 사방.
* 오력 : 오금.
* 디운구신 : 지운地運귀신. 땅의 운수를 맡아보는 귀신.
* 굴통 : 굴뚝.
* 굴대장군 : 굴때장군. 키가 크고 몸이 굵으며 살갗이 검은 사람을 이르는 말.
  여기서는 굴뚝귀신.
* 얼혼이 나서 : 얼과 혼이 빠져서.
* 곱새녕 : 용마름. 초가의 지붕마루에 덮는 'ㅅ' 자형으로 엮은 이엉.
* 털능구신 : 철륭귀신. 뒤란 또는 장독대에 있다고 하는 가신.
* 연자망구신 : 연자간을 다스리는 귀신.
* 화리서리 : 마음 놓고 팔다리를 휘저으며 걸어가는 모양.

1912년(1세) 7월 1일 평안북도 정주군 갈산면 익성동에서 백용삼 씨의 장남으로 태어남. 본명은 백기행白夔行.

1918년(7세) 오산소학교 입학.

1924년(13세) 오산소학교를 졸업하고 오산학교(오산고등보통학교)에 입학. 학과목 중에서 특히 문학과 영어에 관심과 소질을 보임. 재학 중일 때 조만식, 홍명희가 교장으로 부임한 적이 있고, 6년 선배인 김소월을 동경하면서 시인의 꿈을 키움.

1929년(18세) 오산고보 졸업.

1930년(19세) 〈조선일보〉 신년현상문예에 단편소설「그 모母와 아들」당선. 조선일보사가 후원하는 춘해장학회의 장학생으로 선발되어 일본 도쿄의 아오야마靑山학원 영어사범과에 입학. 유학 중 일본 시인 이시카와 다쿠보쿠石川啄木의 시를 즐겨 읽었고, 모더니즘 운동에 관심을 가짐.

1934년(23세) 졸업 후 귀국하여 조선일보사에 입사, 계열 잡지인
《여성》의 편집 일 시작.

1935년(24세) 8월 30일 〈조선일보〉에 시 「정주성定州城」을 발표
하면서 등단.《조광》창간에 참여, 「주막」「여우난골족」등
의 시 발표.

1936년(25세) 시집 『사슴』을 선광인쇄주식회사에서 100부 한정
판으로 간행. 조선일보사를 그만두고 함흥 영생고보의 영
어교사로 부임. 「고야」「통영」「남행시초」등 발표.

1937년(26세) 시인 노천명, 모윤숙 등과 자주 어울렸으며, 「함주
시초」「바다」등 발표.

1938년(27세) 함흥의 교사직을 그만두고 서울로 돌아옴. 「산중
음」「석양」「고향」「절망」「나와 나타샤와 흰 당나귀」「물
닭의 소리」등 발표.

1939년(28세) 《여성》지 편집주간 일을 하다가 사직하고 고향인

평북 지역 여행.

1940년(29세) 만주의 신경으로 가서 만주국 국무원 경제부의 말
단 직원으로 근무하다가 6개월 만에 그만둠. 만주 체험이
담긴 시들을 발표하기 시작했고,「목구」「수박씨, 호박씨」
「북방에서」「허준」등 발표.

1941년(30세) 《조광》에「국수」「흰 바람벽이 있어」「촌에서 온 아
이」,《인문평론》에「두보나 이백같이」「귀농」등 발표.

1942년(31세) 만주의 안둥安東 세관에서 일함.

1945년(34세) 해방이 되자 신의주를 거쳐 고향인 정주로 돌아옴.

1946년(35세) 고당 조만식 선생의 일을 도우며 지냄.

1947년(36세) 러시아 문학을 번역하는 일에 매진. 시모노프의
『낮과 밤』, 숄로호프의『그들은 조국을 위해 싸웠다』번역
출간.

1948년(37세) 《학풍》창간호에「남신의주 유동 박시봉방」,《문

장》에 「칠월 백중」 등 발표.

1949년(38세) 숄로호프의 『고요한 돈강』 번역 출간.

1953년(42세) 번역에 집중. 파블렌코의 『행복』 번역 출간.

1956년(45세) 「동화문학의 발전을 위하여」를 비롯한 아동문학
　　　　　　　관련 글 발표.

1957년(46세) 동화시집 『집게네 네 형제』를 정현웅의 삽화를 넣
　　　　　　　어 간행. 동시 「멧돼지」 「강가루」 「기린」 「산양」 발표.

1958년(47세) 시 「제3인공위성」 발표.

1959년(48세) 양강도 삼수군 관평리에 있는 국영협동조합으로
　　　　　　　내려가 축산반에서 양을 치는 일을 맡음. 삼수군 문화회관
　　　　　　　에서 청소년들에게 시 창작을 지도하면서 농촌 체험을 담
　　　　　　　은 시 「이른 봄」 「공무려인숙」 「갓나물」 등 발표.

1960년(49세) 1월 평양의 《문학신문》 주최 '현지 파견 작가 좌담
　　　　　　　회'에 참석, 시 「눈」 「전별」 등과 동시 「오리들이 운다」 「앞

산 꿩, 뒷산 꿩」등 발표.

1961년(50세) 시「탑이 서는 거리」「손 벽을 침은」「돌아온 사람」
등 발표.

1962년(51세) 시「조국의 바다여」「나루터」등을 마지막으로 발
표. 10월 북한 문화계에 복고주의에 대한 비판이 거세게 일
어나면서 창작 활동 중단.

1995년(84세) 사망한 것으로 추정 보도됨.